현대 생활의 발견

Pathologie de la vie sociale

오노레 드 발자크
고봉만·박아르마 옮김

현대 생활의 발견

Pathologie de la vie sociale

루이 불랑제가 그린 오노레 드 발자크

차례

우아하게 사는 법

1부 총론

"정신은 물질을 움직인다."
— 베르길리우스

"한 인간의 지성은 그가 지팡이를 짚는 방식에서 드러난다."
— 사교계의 관용적 표현

| 서론

문명은 인간을 크게 세 줄로 정렬했다. 우리는 샤를 뒤팽[1]의 방식으로 그리 어렵지 않게 우리 범주를 치장할 수도 있으리라. 하지만 기독교 철학을 다루는 책에서 협잡이란 당치 않으므로, 우리는 대수학[2]의 X와 그림을 뒤섞는 일은 하지 않겠다. 그 대신 우아한 삶의 가장 내밀한 원칙들을 제시하여, 유행의 끝물에 뛰어들어 승마용 구두를 거꾸로 신고 다녔던[3] 사람들, 즉 우리의 적대자들까지 이해시키려고 노력할 것이다.

---

1   샤를 뒤팽(Charles Dupin, 1784~1873). 프랑스의 수학자, 통계학자, 정치가. 공교육 개선의 필요성을 역설하고, 선거와 (의회) 정치에 통계를 도입해야 한다고 강조했다.
2   대수학(代數學)은 수를 x, y와 같은 문자로 대체하는 연산을 뜻한다. 개개의 숫자 대신 숫자를 대표하는 일반적인 문자를 사용하여 수의 관계, 성질, 계산 법칙 따위를 연구하는 학문을 말한다.
3   1830년대에 파리에서 유행했던 방식.

오늘날 현대 풍속은 세 계층의 인간을 만들어 냈다.

일하는 인간,

생각하는 인간,

아무것도 하지 않는 인간.

바로 여기에서, 보헤미안의 시적이고 자유분방한 소설에서부터 입헌 군주들의 단조롭고 지루한 역사에 이르기까지 모든 유형의 삶을 표현하기에 충분한 세 개의 존재 방식이 생겨난다. 즉, 바쁜 삶, 예술가의 삶, 우아한 삶.

바쁜 삶에 대하여

바쁜 삶이라는 주제에는 변주가 없다. 이제 끊임없이 열 손가락을 움직여야 하는 인간은, 제 운명을 포기하고 하나의 수단으로 전락했다. 그리고 우리의 모든 박애심에도 불구하고 그 결과만이 찬탄을 자아낸다. 인간은 도처에 등장하는 거대한 돌덩이들을 점점 더 황홀하게 바라본다. 그것을 쌓아올린 사람들을 떠올린다면, 그것은 그저 그들을 연민하기 위해서일 뿐이다. 건축은 여전히 어떤 위대한 사상의 표상으로 보이지만, 노동자들은 돌을 들어 올리는 윈치나 외바퀴 손수레, 삽, 곡괭이와 별반 다를 바 없다.

이것이 불공평한 일인가? 그렇지는 않다. 노동의 도구로 재편된 인간은 증기기관처럼 동일한 형태로 생산되며, 개인적인 의미는 아무것도 가지지 않는다. 도구-인간은 일종의 사회적인 제로(0)이다. 그러므로 그들을 최대한 많이 모은다 해도, 그들 앞에 다른 숫자가 붙지 않는 한 그들은 결코 사회적 총계에 포함되지 못할 것이다.

농부, 석공, 군인은 같은 덩어리의 고른 조각이자 같은 원의 부분이며, 손잡이만 다른 연장이다. 그들은 해와 더불어 자고 해와 더불어 일어난다. 농부와 석공은 수탉의 울음소리에, 군인은 기상나팔 소리에 잠에서 깬다. 군인에게는 가죽 반바지와 싸구려 시트 그리고 장화가, 농부와 석공에게는 먼저 발견하는 사람이 임자인 누더기가 제공된다. 그들 모두에게는 아주 거친 음식들만 주어진다. "회벽을 치거나 사람들을 때리거나, 강낭콩을 수확하거나 칼을 휘두르거나……" 이것이 사시사철 노력하는 그들의 모습을 일컫는 수사이다. 그들에게 노동은 죽는 날까지 답을 찾아 헤매야 하는 수수께끼 같은 것이다. 대개 그들의 지루하고 슬픈 삶은, 기껏해야 작은 나무 의자를 하나 얻어서 먼지를 뽀얗게 뒤집어쓴 딱총나무 아래 자리한 초가집 문간에 그것을 내놓고 앉아 쉬는 것으로 보상받는다. 물론 제복을 입은 하인에게 다음과 같은 불호령을 듣는 두려움에서는 놓여나겠지만 말이다.

"이 양반아, 썩 꺼지지 못해! 거지한테 줄 거라곤 월요일밖에 없어!"

이 모든 불행한 사람들의 삶은 뒤주 속에 얼마만큼의 빵이 있는가에 의해 좌우되며, 삶의 우아함은 궤짝 속에 어떤 누더기가 있느냐로 결정된다.

소매상인, 위관급 장교, 하급 관료는 이들보다는 조금 나은 삶을 살지만, 그들의 삶 또한 저속한 특징을 보인다. 메커니즘만 조금 더 복잡해졌을 뿐 그들 또한 늘 노동에 매여 있고, 원치와 다르지 않으며, 지성은 그들의 삶에 아주 약간만 개입된다.

    그들에게 재단사란 일종의 예술가가 아니라 언제나 가혹한 청구서를 독촉하는 사람일 따름이다. 그들은 셔츠에 칼라를 붙였다 뗐다 하는 습관을 가졌으며, 채권자들(재단사)이 재산을 몽땅 도둑맞는 상상을 하고는 자책한다. 평소에는 삯마차를 이용하지만 장례식이나 결혼식에 갈 때는 마부 딸린 마차를 빌린다.

    노동자들과 마찬가지로 재산을 모으지 못한다면, 꿀벌 같은 그들의 삶에 희망이란 노후를 대비해서 음식과 거처를 확보하는 것 이상은 못 될 터다. 부슈라(Boucherat)가[4]에 위치한 건물 5층에 냉골 같은 방 한 칸 가진 것이 고작인 그들에게는, 이를테면 아내에게는 기껏해야 두건 달린 외투와 가공하지 않은 퍼케일[5]로 만든 장갑이, 남편에게는 회색 중절모와 작은 잔에 담긴 커피 한 모금이, 아이들에게는 생드니(Saint-Denis) 학교[6]에서의 교육이나 반액 장학금이, 그리고 모두에게 일주일에 두 번, 다진 파슬리를 곁들인 삶은 고기 정도만이 허락될 뿐이기 때문이다. 0도 아니고 완전한 숫자도 아닌 이 사람들은, 아마도 소수점 이하의 숫자라고 해야 할 것이다.

    이 지옥 같은 서글픈 거주지에서, 삶은 연금이나 약간의 공채 금리에 좌우되며, 우아함은 술이 달린 장식 휘장이나 배처럼 양 끝이 위로 들린 침대, 유리병 모양의 촛대에 의해 결정된다.

    커다란 건물 위로 늘어진 밧줄에 낀 이끼처럼, 사람들은

---

4   파리의 귀족 거주지인 마레 지구에 있는 거리 이름이다.
5   침대보로 쓰이는 올이 곱고 촘촘한 면직물.
6   국가 유공자인 레지옹 도뇌르 회원의 딸들이 다니는 학교이다.

위태롭게 흔들리면서도 사회적 사다리 위를 향해 분주하게 기어오른다. 몇 단을 더 올라가면 의사, 사제, 변호사, 공증인, 사법관, 도매상인, 시골 귀족, 중간 관료, 영관급 장교 등을 발견할 수 있다.

이 인물들은 화려하고 명예로운 휘장 아래서 세심하게 닦이고 조여지고 기름칠된 펌프나 체인, 추(錘) 등을 거느리고 각각의 임무를 수행하는, 완벽에 가까울 정도로 훌륭한 기계들이다. 하지만 이들의 삶은 늘 요동치고 있을 뿐, 자유롭지도 풍요롭지도 않다. 이 신사들은 매일 수첩에 기록된 수많은 문제들을 검토해야 한다. 이 작은 수첩은 과거 학교에서 그들을 집요하게 괴롭히던 감독관 대신, 자신들이 왕보다 천 배나 더 변덕스럽고 배은망덕한 어떤 이성적 존재의 노예라는 사실을 끊임없이 상기시킨다.

그들이 휴식을 취할 나이가 되면, 유행에 대한 감각은 떨어지고 우아한 시절은 가뭇없이 사라진다. 그리하여 그들을 실어 나르는 마차는, 용도가 다양한 돌출 발판을 옆구리에 거느린 채, 저 유명한 포르탈[7]의 마차처럼 낡아 간다. 그들의 집은 여전히 캐시미어로 치장되고, 부인들은 보석이 박힌 목걸이와 귀고리를 달고 산다. 그들의 사치는 언제나 그렇듯 저축과 같은 성격을 띤다. 집안의 모든 것들이 사치스럽고, 저택 정면의 회랑 위에는 이런 구절이 적혀 있다. "용건은 문지기에게". 만일 그들이 숫자로 표시되어 사회적 총계에 합산된다면, 그들은 단순히 단위를 차지할 뿐이다.

---

7   앙투안 포르탈(Antoine Portal, 1742∼1832). 루이 18세의 주치의였고, 1820년에 왕립의학아카데미를 창설했다. 검소한 생활로도 유명하다.

이 계급 구성원들의 삶은 남작 칭호에 의해 좌우되고, 우아함은 멋진 깃털 장식을 한, 키 큰 사냥 시종이나 페도 극장[8]의 칸막이 좌석에 의해 결정된다.

여기까지가 바쁜 삶이다. 고급 공무원, 고위 성직자, 장성, 대지주, 장관, 시종[9]과 왕족들은 무위(無爲)하는 사람들의 범주에 들어가며 우아한 삶을 영위한다.

어느 철학자는 사회 집단에 대한 이 슬픈 분석을 마치면서, 마치 뱀을 보기라도 한 양 사람들이 서로 몸을 피하게 하는 수많은 편견에 상당한 혐오감을 느껴, 다음과 같이 중얼거렸다. "나는 임의로 어떤 나라를 지어낸 것이 아니라, 있는 그대로를 받아들였을 뿐이니……."

이처럼 구획된 우리 사회에 대한 개관은, 다음과 같은 첫 아포리즘의 태동에 도움을 주리라.

1 문명적이든 원시적이든, 삶의 목적은 휴식이다.

2 절대적 휴식은 권태를 낳는다.

3 넓은 의미에서 우아한 삶은 휴식에 활기를 불어넣는 기술이다.

4 일에 길들여진 인간은 우아한 삶을 이해할 수 없다.

5 결론. 우아해지기 위해서는 일을 거치지 않는 휴식을 향유할 줄 알아야 한다. 달리 말하자면, 백만장자의 아들이거나 왕족이거나, 복권에 당첨되거나, 한직에 있거나, 부정하게 겸

---

8 페도(Feydeau) 극장은 1714년에 창립한 파리의 오페라코미크(Opéra-Comique) 극장을 말한다. 『카르멘』, 『마농』 등의 원작이 초연되었다.

9 [원주] 시종은 우아한 삶에 필수적인 일종의 휴대품이다.

직하거나 해야 한다.

예술가의 삶에 대하여

예술가는 예외적인 존재이다. 아무 일도 하지 않는 것이 그의 일이다. 그의 일은 휴식이다. 그는 우아하게 차려입기도 하고 아무렇게나 입기도 한다. 그는 기분에 따라 농부의 작업복을 걸치기도 하고, 유행하는 남성용 예복을 걸치기도 한다. 그는 법칙을 따르지 않는다. 그는 법칙을 만든다. 아무것도 하지 않으려 골몰하든 얽매이지 않는 체하면서 걸작을 감상하든, 나무 재갈을 물린 말 한 마리를 몰든 사치스럽게 사륜마차 브리스카[10]를 몰든, 수중에 25상팀[11]밖에 없든 두 손 가득 금화를 가지고 있든, 그는 위대한 사상의 표현이며, 그가 속한 사회를 지배한다.

필[12] 장관이 샤토브리앙[13] 자작의 집에 들어갔을 때 그는 떡갈나무로 만든 가구로 둘러싸인 집무실로 인도되었다. 샤

---

10 러시아의 경(輕) 사륜마차 브리스카(britschka)를 말한다.

11 상팀(centime)은 100분의 1프랑이다.

12 로버트 필(Robert Peel, 1788~1850). 영국의 정치가. 8년간 내무 장관으로 재직하며 사형을 폐지하고 근대적 경찰 제도의 기초를 확립하였다. 그 후 두 차례에 걸쳐 총리로 재임하면서 재정을 개혁하고 곡물법을 폐지하였으며 자유 무역을 촉진하였다. 탄력성 있는 정책으로 토리당이 보수당이라는 근대 정당으로 탈바꿈하는 데 크게 공헌하였다.

13 샤토브리앙(François René de Chateaubriand, 1768~1848). 프랑스의 작가, 정치가. 화려하고 정열적인 문체로 낭만주의 문학의 선구자가 되었다. 대표 작품으로 『아탈라』, 『르네』, 『기독교의 정수』 등이 있다.

토브리앙보다 수십 배 부자였던 그는 이 단순한 가구들 때문에 영국에 과잉 공급되어 포화 상태에 이른 자신의 순금·순은 가구들이 단박에 초라해짐을 느꼈다.

예술가는 늘 위대하다. 그는 자신만의 삶과 우아함을 지닌다. 그가 가진 모든 것은 그의 지성과 명예를 반영한다. 예술가들은 열이면 열 모두 새로운 생각으로 가득한 특색 있는 삶을 영위한다. 그들에게 유행은 강요되어서는 안 되는 것이다. 이 길들여지지 않는 존재들은 모든 것을 그들 방식대로 만든다. 그들이 중국이나 일본 의상을 입은 도자기 인형을 재빨리 낚아챈 이유는 그것을 새롭게 변형하기 위해서이다.

이런 생각에서 다음과 같은 유럽의 아포리즘이 도출된다.

6 예술가는 자신의 의지 또는 능력에 따라 삶을 영위한다.

우아한 삶에 대하여

만약 우리가 여기서 우아한 삶에 대한 정의를 빠뜨린다면 이 시론은 쓸모없는 것이 된다. 정의를 내리지 않는 시론은 두 다리가 잘린 장교와 같다. 그 장교는 간신히 움직일 뿐이다. 정의를 내리는 것은 요약하는 것이다. 그럼 이제 요약해 보도록 하자.

우아한 삶에 대한 여러 가지 정의

우아한 삶이란 외적이고 물질적인 삶의 완성이자 돈을 지적으로 소비하는 기술이다. 또는 모든 것을 남들처럼 하면서도 어떤 것도 남들처럼 하지 않는 법을 가르치는 학문이다.

조금 더 나은 방식으로 정의하자면 우리를 둘러싼 모든 것 속에서 우리가 본래 가진 매력과 취향을 발전시키는 일이다.

좀 더 논리적으로 말하자면 내 재산을 자랑스러워하는 법을 아는 것이다.

친애하는 우리의 친구 A-Z[14]에 따르면 귀족의 고결함을 물건 속으로 옮기는 것이다.

P. T. 스미스[15]에 따르면 우아한 삶이란 산업을 풍요롭게 하는 원동력이다.

자코토[16] 씨는 우아한 삶에 대한 시론이 쓸모없다고 생각했다. 『텔레마코스의 모험(Télémaque)』[17] 안에 모두 들어 있기 때문이다.[18]

---

14   에밀 지라르댕(Émile de Girardin, 1806~1881)을 말한다. 프랑스의 신문 경영자, 정치가, 저널리스트. 저렴한 신문을 발간해 엄청난 발행 부수를 기록하며 큰 성공을 거두어서 '언론의 나폴레옹'이라고 불렸다. 1836년에 보수파 기관지 《프레스(La Presse)》를 창간하였고, 독창적이고 대담한 도전으로 프랑스 대중 신문의 개척자가 되었다.

15   『국부론』의 저자 애덤 스미스(Adam Smith)를 말하는 것 같다. 그는 사회 전체를 분업이 행해지는 거대한 작업장으로 보고 상업, 농업 외에 공업의 중요성을 간파했다. 그는 생산적 노동과 비생산적 노동을 구분하여, "국왕과 관리와 목사와 금리 생활자는 새로운 부를 생산하지 않으며, 농업과 공업에 종사하는 사람들의 노동만이 새로운 부를 생산한다."라고 말했다.

16   조지프 자코토(Joseph Jacotot, 1770~1840). 프랑스 부르고뉴 지방 출신의 교육자인 그는 언어, 미술, 음악 등을 기초적인 교과서가 아니라 위대한 고전의 연구를 통해서 익힐 수 있다고 주장했다.

17   프랑스의 사상가 페늘롱(François de Fénelon, 1651~1715)이 지은 장편 소설. 주인공 텔레마코스가 트로이 전쟁에서 돌아오지 않는 아버지 오디세우스를 찾아 헤매는 모험 이야기로 1699년에 발표되었다.

18   [원주] 살렌티니(Salente) 법을 보라. (『텔레마코스의 모험』에 등장하는 살렌티

쿠쟁[19] 씨의 말을 들어 보면 그것은 다음과 같은 고상한 사유의 질서 속에 있다. 이성의 사용은 필연적으로 감각, 상상력, 마음의 사용을 동반한다. 그것은 원초적 직관, 동물성의 즉각적인 계시와 섞이면서 직관과 이성을 자신의 색깔로 물들인다.[20]

생시몽[21]의 이론에 따르면, 큰 재산은 도둑질한 것이다. 이 원칙에 따르자면 우아한 삶이란 하나의 사회가 걸릴 수 있는 가장 큰 질병이다.

쇼드릭[22]은 "우아한 삶이란 자질구레하고 무의미한 천 조각이다."라고 말했다.

우아한 삶이란 물론 우리의 세 번째 아포리즘[23]을 에둘러 표현한 이 하위의 정의들을 모두 포함한다. 그러나 우아한 삶은 좀 더 중요한 질문들을 함축한다. 우리가 선택한 '요약'이

니섬의 법규를 말한다.)

19 쿠쟁(Victor Cousin, 1792~1867). 프랑스의 철학자, 정치가. 독일 관념론과 다른 여러 사상의 절충을 시도한 인물로, 철학과 종교의 조화를 설명하였다. 저서에 『근세 철학사 강의』, 『진선미에 대하여』 등이 있다.

20 [원주] '우아한 삶'이라는 말이 수수께끼 같은 말이 아니라는 사실은 『철학사 강좌(Cours de l'histoire de la philosophie)』 44쪽을 보면 알 수 있다.

21 생시몽(Claude-Henri de Saint-Simon, 1760~1825)은 당시 분열되던 계급 사이의 극한 대립을 막기 위하여 ── 즉 새로운 사회의 갈등적 원칙들을 제거하기 위하여 ── 좀 더 세속화된 형태의 종교적 가치로 그들을 도덕적으로 통합해야 한다고 보았다. 그는 종교가 "가장 가난한 계급의 상태를 가장 빠르게 개선한다는 대의를 향해 사회를 이끌어야 한다."라는 주장을 폈다.

22 쇼드릭 뒤클로(Chodruc-Duclos)는 1830년대 프랑스 신문에 자주 등장하는 인물로 긴 수염에 누더기를 걸치고 다녔다. 파리의 팔레 루아얄(Palais Royale)에 살았던 그는 현대판 디오게네스로 불리기도 했다.

23 "넓은 의미에서 우아한 삶은 휴식에 활기를 불어넣는 기술이다."

라는 방식에 충실하기 위해 논의를 좀 더 발전시켜 보자.

국민을 부유하게 만들기는 실현 불가능한 정치적 이상이다. 국가는 필연적으로 생산하는 사람과 소비하는 사람으로 구성된다. 씨를 뿌리고 나무를 심고 물을 주고 수확을 하는 사람이 어떻게 가장 덜 먹는 사람일 수 있겠는가? 이런 결과는 상대적으로 밝히기 쉬운 비밀이다. 그러나 많은 사람들은 이것을 신의 섭리가 작용한 위대한 생각으로 간주하길 좋아한다. 추후에 우리는 인류가 어떤 길을 밟아 왔는지 살펴보면서 그에 대해 설명할 생각이다. 지금은 귀족적이라는 비난을 무릅쓰고서라도 다음과 같이 솔직히 말하리라. 사회의 최하위 계층에 있는 사람은 신에게 자신의 불행한 운명에 대한 설명을 요구해서는 안 된다. 그가 할 수 있는 것이라곤 자신의 운명에 가래침을 뱉는 일밖에 없다.

법률 문서를 조금이나마 들여다본 사람들에게는 이렇듯 전적으로 철학적이고 기독교적인 지적이 문제를 깨끗이 해결해 주는 듯 보일 것이다. 논의를 좀 더 진행해 보자.

사회가 존재한 이래 정부라는 것은 부유한 자와 가난한 자 사이에서 체결된 늘 필요한 하나의 계약이었다. 이른바 몽고메리(Montgomery)식 배분[24]에서 야기된 이러한 내적 투쟁은 문명인들에게 재산에 대한 열정을 불러일으켰다. 여기서 재산은 모든 사적인 야심을 전형적으로 나타내는 표현이다. 왜냐하면 고통스럽고 모욕적인 처지에 놓이지 않겠다는 욕망

---

24 한쪽이 모든 것을 가지면 다른 쪽은 아무것도 가지지 못하게 되는 방식을 말한다. 가난한 자들에 대항하기 위해서 부유한 자들 사이에 체결된 일종의 보험 계약이었다.

에서 노블레스, 귀족 계급, 특권 계급, 상류 사회로 편입하려는 남녀들이 유래했기 때문이다.

그러나 무엇이든 '보물 따먹기 기둥'으로 보고, 그 기둥의 2분의 1, 3분의 1, 4분의 1이라도 차지하고자 하는 이러한 종류의 욕망은 필연적으로 과도한 이기심과 허영심을 야기한다. 그러나 허영심이란 매일 나들이옷을 입는 일에 불과하므로, 인간은 저마다 광장의 행인들에게 보여 줄 목적을 지닌 하나의 기호를 자기 권력의 표본으로 가질 필요성을 느끼게 된다. 그는 자신이 속한 광장에서 거대한 보물 따먹기 기둥 위에 올라앉아 있고, 기둥 꼭대기에서는 왕들이 자신들의 업무를 수행하고 있다. 이렇게 해서 귀족 가문의 문장(紋章)들, 같은 색의 옷들, 모자, 긴 머리, 풍향계, 뒤축이 높고 붉은 구두, 굴뚝의 갓, 탑 형태의 비둘기 집[25], (교회에서 사용하는 것과 같은) 사각형 방석, 종교 의식에 사용하는 향, 귀족의 성(姓) 앞에 붙이는 전치사 de, 리본, 호화로운 머리띠, 얼굴에 붙이는 애교점, 립스틱, 권위를 나타내는 관(冠), 끝이 뾰족하게 쳐들린 구두, 챙 없는 둥근 모자, 법관들이 걸치는 긴 옷, 다람쥐 모피, 진홍색 천, 뒤축에 붙이는 박차 따위는 많든 적든 간에 한 인간이 차례로 취할 수 있는 휴식의 물질적 표식, 또는 그가 만족시킬 권리가 있는 일시적 욕망이 되었고, 낭비할 수 있는 사람, 돈, 생각, 노고(勞苦)가 되었다. 그리하여 행인들은 단지 바라보는 것만으로도 무위도식하는 자와 일하는 자, 쓸모 있는 자와 쓸모없는 자를 구별할 수 있다.

그런데 갑자기 일어난 혁명이 14세기 동안 만들어진 이

---

25 풍향계, 굴뚝의 갓, 탑 형태의 비둘기 집은 귀족 저택의 특징이었다.

모든 의상을 폭력적으로 낚아챈 뒤 지폐로 만들어 버렸고, 이러한 변화가 나라 전체를 휩쓸 가장 큰 불행 중 하나를 몰고 왔다. 바쁜 삶을 사는 사람들(노동자)은 혼자 일하는 데 진저리가 났다. 그들은 아무것도 할 줄 모르면서 놀고먹기만 하는 보잘것없는 부자들과, 고통과 이득을 균등하게 나누기로 결정했다.

온 세상 사람들이 이 투쟁을 지켜보았다. 그리고 노동자들이 무위도식하게 되자마자, 이 체제에 가장 열광했던 자들이 체제를 부정하고, 심지어는 그것이 전복적이고 위험하며 불쾌하고 불합리하다며 비난하기까지 했다.

바로 이 순간부터 사회는 재정립되었고, 남작과 백작 등의 귀족 칭호가 다시 붙여졌으며, 몸은 새로운 띠로 장식되었다. 그리고 예전에 문장의 진주 장식이 했던 임무를 이제는 수탉의 깃털[26]이 이어받아, 불쌍한 민중에게 "사탄아 물러가라!(Vade retro, Satanas!)"라는 말을 외칠 임무를 떠맡게 되었다. "속물 같은 부르주아 놈들아 물러가라!(Arrière de nous, PÉQUINS!)" 매우 철학적인 나라인 프랑스는 이 마지막 시도를 통해 국민들이 세운 옛 체제의 정당성, 유용성, 안정성을 실험한 후 몇몇 군인들의 도움을 얻어 원래의 원칙으로 돌아왔다. 그 원칙이란 하나님이 (살고 있는) 지금의 세상에 계곡, 산, 참나무, 풀 들을 생겨나게 한 원칙과 같다.

서력[27] 1120년[28]처럼 1804년에도 한 남자 또는 여자가 동

26 프랑스 혁명기에 사법 기관의 위원들이 머리 장식에 사용한 깃털을 말한다.

27 서양 기독교에서 쓰기 시작한, 해와 달과 날을 정하고 계산하는 방법.

28 제1 제정이 시작된 1804년과 달리, 1120년은 역사적으로 특별한 의미가 있지는 않다. 발자크는 단지 귀족 계급이 7백여 년의 오랜 역사를 지녔음을 강조하기

포들을 바라보면서 다음과 같이 말하는 것은 매우 기분 좋은 일이라는 사실이 인정되었다. "나는 저들보다 위에 있고 저들에게 부유함을 뽐내고 저들을 보호하며 저들을 지배한다. 사람들은 내가 그들을 지배하고 보호하며 그들에게 부유함을 뽐내고 있음을 잘 안다. 왜냐하면 부유함을 뽐내고, 사람들을 보호하고 지배하는 자는, 뽐내지 못하고 보호받고 지배받는 자들과는 다른 방식으로 말하고 먹고 마시고 자고 기침하고 옷을 입고 생활을 즐기기 때문이다."

그리고 우아한 삶이 갑자기 나타났다.

우아한 삶은 "나는 과시하고, 보호하고……" 등의 완벽하게 도덕적·종교적·군주제적·문학적·헌법적·자기 본위적인 독백에 의해 매우 화려하고 새롭고 오래되고 오만하고 세련된 모습으로, 그리고 전적으로 지지·수정·증대·소생된 모습으로 발전한다. 왜냐하면 재능과 권력과 돈을 가진 사람들이 행동하고 살아가는 원칙은 통속적인 삶을 사는 사람들의 원칙과 전혀 다르기 때문이다.

아무도 통속적이기를 원하지 않는다.

따라서 우아한 삶은 본질적으로 태도의 과학이다.

이제 질문은 충분히 정리된 것 같다. 이 질문은 라베즈[29] 백작이 제1 의회의 임기를 7년으로 정할 때 했던 것처럼 섬세하게 제기되었다.

그렇다면, 어떤 부류가 우아한 삶을 시작할 것이며, 모든

위해 특정한 해를 언급했을 뿐이다.

29 라베즈(Auguste Ravez, 1770~1849) 백작은 1819~1828년 사이에 프랑스 의회의 의장으로 활동했다. 1825년 의원의 임기를 7년으로 정했다. 명철한 의식과 문제를 요약하는 기술 때문에 적대자들에게까지 높은 평가를 받았다.

한가한 자들에게 그 원칙을 따를 능력이 있는가?

여기에 모든 의심을 풀어 줄 두 개의 아포리즘이 있다. 그것은 우아함과 품위를 관찰하는 출발점이 되리라.

7 우아한 삶을 살기 위해서는 켄타우로스[30]나 2인승 2륜 경마차인 틸버리를 소유한 인간처럼 완벽해야 한다.

8 우아한 삶을 살기 위해서는 부자가 되거나 부자로 태어나는 것만으로는 충분하지 않고 그에 대한 감각이 있어야 한다. 우리 이전에 솔론[31]이 말했다. 왕자가 되는 법을 배우지 않았다면 왕자인 체하지 말라고.

‖ 우아한 삶에 대한 감각

사회 진보에 대한 완전한 합의만이 우아한 삶에 대한 감각을 불러일으킬 수 있다. 이러한 삶의 방식은 그 자체로 이미 당당하게 모습을 드러낸 신생 조직에 의해 만들어진 새로운 관계와 요구의 표현이 아닌가? 따라서 우아한 삶에 대한 감각을 설명하고 모든 사람들이 그것을 받아들인 과정을 규명하기 위해서는, 우아한 삶이 생성된 원인과 프랑스 혁명의 움직임 자체를 연관 지어 살펴볼 필요가 있다. 왜냐하면 그 전에는

---

30 그리스 신화에 나오는 반인반마(半人半馬) 형상의 전설적인 동물. 여기서는 말과 하나가 된 기수(騎手)를 말한다.

31 솔론(Solon, B.C. 640?~B.C. 560?). 아테네의 정치가이자 시인. 집정관 겸 조정자로 선정되어 정권을 위임받은 후, '솔론의 개혁'이라 일컫는 여러 개혁을 단행하였다.

우아한 삶이 존재하지 않았기 때문이다.

　사실 옛 귀족들은 항상 별도의 존재였고 자기 마음대로 살았다. 단지 멋만 부리는 귀족들 대신 궁정인(宮廷人)의 방식이 우아하고 품위 있는 삶의 자리를 대신했을 뿐이다. 게다가 궁정의 '기품'은 카트린 드 메디시스[32]에게 이르러서야 나타났다. 프랑스에 세련된 사치품, 우아한 태도, 화려한 옷차림을 도입한 것은 두 명의 이탈리아 출신 여왕[33]이었다. 카트린 여왕이 에티켓을 도입하고[34] 왕권을 지적 우월성으로 꾸미면서 시작했던 작업을 에스파냐 출신 여왕 두 명[35]이 계승하였는데, 이것은 프랑스 궁정을 무어인[36]과 이탈리아가 창안한 섬세함을 감정하고 전파하는 곳으로 만들 만큼 강한 영향을 미쳤다.

　그러나 루이 15세[37] 시대까지 궁정인과 귀족 사이의 차

32　카트린 드 메디시스(Catherine de Médicis, 1519~1589). 프랑스 왕 앙리 2세의 왕비. 메디치가 출신으로, 샤를 9세의 섭정을 하였다. 종교 전쟁 때에 왕권 유지를 위해 애썼으며, 성(聖) 바르톨로메오 축일의 학살을 계획하였다.

33　카트린 드 메디시스와 앙리 4세의 왕비인 마리 드 메디시스(Marie de Médicis)를 말한다.

34　[원주] 샤를 9세에게 보낸 편지를 보라.

35　안 도트리슈(Anne d'Autriche)와 마리테레즈 도트리슈(Marie-Thérèse d'Autriche)를 말한다.

36　8세기경 이베리아 반도를 정복한 이슬람교도를 막연히 부르던 말. 본디 모리타니아, 알제리, 튀니지 등지의 베르베르인을 주체로 하는 여러 원주민 부족을 가리켰다. 인종학적 의미는 없으며, 11세기 이후 북아프리카나 아시아의 이슬람교도를 뜻하는 말로 쓰였다가 15세기 무렵부터는 회교도를 이르는 말이 되었다.

37　루이 15세(Louis XV, 1710~1774). 프랑스 부르봉 왕조의 왕(재위 1715~1774)으로, 엄격한 의식이나 정치를 싫어하여 사생활에만 몰두하였다. 1745년 이후 많은 향락에 빠져 국가 재정에 큰 손실을 냈으며, 이로 인해 국민들에게 많은 비난을 받았다.

이는 몸에 꼭 끼는 저고리의 가격, 반장화의 벌어진 간격, 주름 장식깃, 머리(털)의 사향 냄새, 새로운 단어의 사용 등으로 드러날 뿐이었다. 이렇듯 매우 개인적인 사치는 삶의 방식과 조화를 이루지 못했다. 일생 동안 옷차림과 장신구 등에 10만 에큐[38] 정도만 퍼부으면 충분했다. 지방 귀족은 옷을 잘 못 입을 때도 있었지만, 오늘날 우리의 찬탄을 받는, 지금의 재산으로는 결코 감당하지 못할 훌륭한 건축물을 세울 줄은 알았다. 반면 잘 차려입은 궁정인은 두 명의 부인을 들이는 일조차 힘들어했지만, 종종 벤베누토 첼리니[39]가 만든 터무니없이 비싼 가격의 소금 그릇을 긴 의자로 둘러싸인 테이블 위에 올리곤 했다.

자, 그러면 물질적 삶에서 정신적 삶으로 주제를 옮겨 검토를 계속해 보자. 귀족은 빚을 지거나 술집에서 살 수도 있고, 읽지 못하거나 말하지 못하거나 무식하거나 바보 같거나 성격이 안 좋거나 어리석은 말을 할 수도 있다. 하지만 그는 귀족으로 남을 것이다. 법과 사형 집행인도 귀족과 촌사람[40] — 분주하게 사는 사람들이 경탄할 만한 부류 — 을 구별한다. 목을 매다는 대신 목을 자르면서 말이다. 사람들은 귀족을 프랑스의 '로마 시민'이라고 말했다. 사실상 노예였던 골족[41]은 마치

---

38 19세기의 5프랑 은화.

39 벤베누토 첼리니(Benvenuto Cellini, 1500~1571). 이탈리아의 조각가, 금세공가. 미켈란젤로의 제자로 '황금 소금 그릇'을 만들었다. 대표 작품으로 「페르세우스」 등이 있다.

40 원문에는 자크 보놈(Jacques Bonhomme)이라고 되어 있다. 보놈은 중세의 서민, 백성을 뜻하는 말이며, 자크 보놈은 일반적으로 촌사람, 서민을 나타낸다.

41 프랑스인들의 선조인 골족(갈리아인)은, 기원전 6세기부터 프랑스를 포함한 유럽 북부를 지배하던 켈트족의 일부이다. 당시 사람들이 그랬던 것처럼 발자크도

존재하지 않았던 것처럼 '로마 시민'을 내세웠기 때문이다.

귀족에 대한 이 같은 견해는 너무 당연시되어 신분 높은 여인이 황소 앞에서처럼 사람들 앞에 서서 옷을 입고, 부르주아들의 돈을 가로채면서도 수치스러워 하지 않는[42] 지경에 이르렀다. 에그몽(Egmont)[43] 백작 부인은 농민과 놀아나는 일은 부정(不貞)에 속하지 않는다고 여겼고, 숄느(Chaulnes) 부인은 천한 평민에게 공작 부인은 나이를 가늠할 수 없는 존재라고 주장했다. 졸리 드 플뢰리[44] 씨는 2천만 명의 사람들이 부역(賦役)에 처해진 일을 국가적 사고로 보는 것이 논리적이라고 생각했다.

오늘날, 1120년이나 1804년의 귀족은 더 이상 아무것도 대표하지 못한다. 프랑스 혁명은 특권에 대한 사회 운동에 불과했다. 하지만 혁명이 아무런 임무도 수행하지 못한 것은 아니었다. 왜냐하면 비록 세습적 특권의 마지막 부분인 귀족원 의원[45]이 소수의 지배 집단이 되었다 하더라도, 결코 혐오스러운 권리로 뒤덮인 귀족 계급이 되지는 않을 것이기 때문이다. 그러나 1789년의 운동(프랑스 혁명)이 사회 질서에 명백하게 진보의 흔적을 남겼음에도 불구하고, 부의 불평등을 초래

프랑크족과 골족을 구분하면서, 프랑크족의 후예인 귀족들에게 정복에 기초한 소유를 인정했으며, 왕권이나 지방 권력의 잠식에 대항해 귀족들을 옹호했다.

42 [원주] 바리에르(Barrière) 씨의 최근 저서에 나오는 탈라르(Tallard) 공작 부인의 대화를 읽어 보라.

43 리슐리외 장군(Maréchal Richelieu)의 딸이다.

44 졸리 드 플뢰리(Jean-François Joly de Fleury, 1718~1802). 1781년 5월 24일 네케르(Necker)의 뒤를 이어 프랑스 재무 총감 자리에 올랐으나 세금을 너무 올린 탓에 신망을 잃고, 1783년 사임했다.

45 1814~1848년의 프랑스 귀족원 의원을 말한다.

했던 악습들은 새로운 형태로 다시 생겨났다. 우리는 우스꽝스럽고 타락한 예전의 봉건제도 대신에 돈, 권력, 재능이라는 삼중의 귀족 계급을 갖게 되지 않았는가? 정당성을 확보한 이 새로운 귀족 계급은 은행의 귀족화와, 재능 있는 자들의 목표 달성에 디딤돌이 되는 신문과 법정의 정치화 및 상업화를 강요하면서 대중에게 엄청난 영향력을 행사한다. 그들은 이 같은 입헌 군주제로의 회귀를 통해 기만적이고 정략적인 평등을 전적으로 축성(祝聖)하면서 결국 악을 일반화하고 말았다. 왜냐하면 우리는 부유한 자들의 민주주의 시대에 살고 있기 때문이다. 그 점을 인정할 것인가? 18세기에 벌어진 주요한 대립은 제3 신분과 나머지 계급[46]의 일대일 대결이었다. 거기에서 인민은 약삭빠른 자들의 조수에 불과했다. 1830년 10월에도 여전히 부유한 자와 가난한 자라는 두 부류의 인간만이 존재한다. 마차를 타고 다니는 인간과 걸어 다니는 인간, 한가로움을 누릴 권리를 지불한 인간과 그것을 얻으려는 인간들 말이다. 사회는 두 개의 항(項)으로 표현되지만 명제는 예전과 다름이 없다. 사람들은 여전히 안락한 생활과 권력을, 예전에 귀족들을 만들어 낸 우연에서 찾고 있다. 세습 재산이 타고난 행운인 것처럼 재능 또한 체질에 따른 행운이라고 보기 때문이다.

　　따라서 한가한 자는 늘 동포들을 지배한다. 그는 사물을 살피고 뒤집어 본 뒤 사람들과 놀고 싶은 욕구를 느낀다. 하지만 삶의 안정성을 확보한 그가 홀로 연구하고 관찰하고 비교할 때, 부유한 자는 자신의 지성에 유리하도록 내재된 침략성

46　성직자와 귀족 계급을 말한다.

을 발휘한다. 그때 돈, 권력, 재능의 삼중 권력은 부유한 자에게 제국을 독점할 권리를 보장한다. 왜냐하면 사상으로 무장한 인간이 철갑옷을 입은 영주들을 대체했기 때문이다. 영주들의 악은 세계의 범위가 확장되면서 힘을 잃고 말았다. 이제 재능이 문명의 주축이 되어 버렸다. 그리고 바로 그것이 우리 선조들이 피땀 흘려 획득한 진보이다.

귀족과 부르주아 계급은 한쪽의 우아함, 훌륭한 취향, 수준 높은 정치의 전통과, 다른 한쪽의 학문·예술 분야의 눈부신 성취를 공유하게 될 것이다. 그리고 두 계급 모두 인민을 이끌면서 그들을 문명과 광명의 길로 인도하리라. 그러나 이렇게 강대한 세력의 특권 계급을 구성하는 사상과 권력과 산업의 왕자들 또한 예전의 귀족들처럼 자기 지배력이 어느 정도인지를 알리고 싶은, 주체할 수 없는 욕구를 느끼게 된다. 오늘날에도 여전히 사회적 인간은 남들과 구별되는 점을 찾고자 자신의 재능을 혹사시키고 있다. 이러한 감정은 정신의 욕구, 일종의 갈증이라고 할 수 있다. 미개인조차도 깃털과 문신, 잘 다듬어진 활과 코리 조개[47]를 지니고서, 채색 유리를 가지기 위해 투쟁하기 때문이다. 19세기가 인간에 의한 착취를 지성에 의한 착취[48]로 바꾸려는 사상의 영향 아래 전진했

---

47 인도와 세네갈 등지에서 화폐로 사용되던 조개류.

48 [원주] 인간에 의해 이루어진 가장 최근의 진보를 반영하는 이 형이상학적 표현은 사회 구조를 설명하고, 개인적 삶의 방식으로 생긴 현상의 원인을 찾는 데 도움을 줄 것이다. 바쁜 삶이 물질의 추구 또는 인간에 의한 인간의 착취이고, 예술가의 삶과 우아한 삶이 사상에 의한 인간의 착취를 전제하는 만큼, 이 표현을 노동에서 발휘된 지성에 어느 정도 적용해 본다면, 부의 차이를 납득하기 쉬울 것이다. 사실 정치나 재정, 기계 분야에서 결과는 (증명해 봐야 알겠지만) 수단의 위력에 따라 달라진다. 이러한 시스템이 우리 모두를 부자로 만들어 줄 수

듯이, 우리의 우월성을 지속적으로 알리는 일도 이 수준 높은 철학의 영향 아래 진행해야 할 것이며 물질보다는 정신의 성격을 훨씬 더 띠어야 할 터다.

무기력하고 바보 같은 프랑스 인민은 얼마 전까지도 죽은 종교의 의식을 계속했고 사라진 국왕의 깃발을 들었다. 이제 인간은 각자 궐기하여 스스로의 힘에 의지할 것이다. 한가한 자는 더 이상 단순한 숭배의 대상이 아니라 진정한 신이 되리라. 재산의 표현은 그가 하는 일의 결과로 생겨날 것이고, 개인적 상승의 증거는 삶 전반에서 발견될 것이다. 왜냐하면 군주와 인민은 새롭게 등장한 이 강력한 징조가 더 이상 권력의 대용이 되지 않을 것임을 이해하기 때문이다. 이제 이미지로써 하나의 시스템을 재현하기 위해 황제의 옷을 입은 나폴레옹의 세 가지 모습에만 호소하지 않아도 된다. 우리는 작은 녹색 유니폼을 입고 삼각모를 쓰고 팔짱을 낀 그를 도처에서 본다. 황제의 야바위꾼 같은 모습을 벗어던질 때 나폴레옹은 비로소 시적이고 진실해진다. 나폴레옹의 적들은 그를 위해 만들어진 기둥[49]에서 나폴레옹을 끌어내림으로써 (결과적으로)

있을까? 우리는 그렇게 생각하지 않는다. 자코토 씨의 성공에도 불구하고 지성이 평등하다고 믿는 것은 잘못이다. 그것은 단지 힘, 연습, 완성이 유사할 때만 가능한데, 인간의 신체 구조로는 불가능하다. 왜냐하면, 특히 문명인의 경우 성질이 같은 두 개의 조직을 겸비하기가 어렵기 때문이다. 이런 엄청난 사실은 스턴이 모든 과학과 철학의 선두에 '분만 기술(art d'accoucher)'을 둔 것이 옳았음을 증명한다. 그래서 인간은, 한편은 늘 가난하고 다른 한편은 늘 부유하다. 단지 탁월한 지성만이 진보의 길에 있기 때문에 대중의 행복을 증대시킬 수 있다. 베이컨, 데카르트, 벨의 영향으로, 사상이 유럽을 지배했던 16세기 이후의 문명사가 그 점을 보여 준다.

49 1812년 파리 방돔 광장에 있는 둥근 기둥 꼭대기에 로마 황제 복장을 한 나폴레

그를 키웠다. 왕위의 요란한 장식이 벗겨지면서 나폴레옹은 위대해졌다. 그는 시대의 상징이자 미래의 사상이 되었다. 강한 인간은 늘 단순하고 냉정하다.

양피지 조각[50]이 아무런 역할도 하지 못하고, 부유한 목욕탕 시종[51]의 사생아와 재능 있는 사람이 백작의 아들과 같은 권리를 가지게 된 이상, 우리는 우리의 내면적 가치에 의해서만 다른 사람들과 구별될 수 있다. 우리 사회에서 차이는 사라졌다. 단지 뉘앙스만 남아 있을 뿐이다. 따라서 예절과 태도의 우아함, 뭐라 말할 수 없는 것만이 한가한 자와 분주한 자를 구분하는 유일한 방책(防柵)을 이룬다. 만약 특권이 존재한다면 그것은 도덕적 우월성에서 나온 것이다. 그로 말미암아 사람들은 교육, 언어의 정확성, 태도의 우아함, 자연스러운 패션 스타일, 거실 인테리어 등, 요컨대 한 사람에게서 보이는 모든 것의 완벽한 상태에 높은 가치를 부여하기 시작했다. 우리는 관습과 사유의 흔적을, 우리를 둘러싼 모든 것, 우리에게 속한 모든 것 위에 남기는 것이 아닐까? "말해 봐라, 걸어 봐라, 먹어 봐라, 옷을 입어 봐라, 그러면 나는 네가 누구인지를 말해 주겠다."라는 새로운 격언이, 궁정식 표현인 옛날의 특권적 격언들을 대체하였다. 오늘날 리슐리외 장군[52] 같은 사람

옹 동상이 세워졌다. 이 동상은 1814년 4월 8일에 철거되었고, 1833년 7월 28일, 같은 자리에 작은 모자와 프록코트 차림을 한 '작은 하사'(le Petit Caporal, 나폴레옹의 별명) 동상이 세워졌다.
50 귀족 출신임을 증명하는 증서를 말한다.
51 베뇌르(baigneur)는 공중목욕탕에서 일하는 사람을 뜻하는 말이다. 여기서 발자크는 파리의 터키식 목욕탕 주인, 또는 디에프(Dieppe)에 있는 베리 공작 부인의 목욕탕 시종을 생각한 것 같다.
52 리슐리외 장군은 무례한 태도와 자유 사상가다운 방탕한 생활로 유명하다.

이 존재하기란 불가능하다. 사람들의 신망을 잃는다면 귀족원 의원이나 심지어 군주라 할지라도 100에큐짜리 선거인(選擧人) 밑으로 추락할 수 있다. 어느 누구에게도 격에 맞지 않게 행동하거나 타락하는 일이 허용되지 않기 때문이다. 많은 것들이 사상의 영향을 받을수록 삶의 모습은 더 고귀해지고 세련되어지고 커진다.

그렇게 완만한 경사로를 통해서 프랑스 혁명기의 기독교는 봉건제의 다신교를 뒤집어엎었고, 그런 계통을 따라 진정한 감각이 권력의 물질적이고 변화하는 기호에까지 나타나게 되었다. 우리가 어떻게 출발 지점, 즉 황금 송아지[53]를 숭배했던 시절로 돌아가게 되었는지 생각해 보라. 다만 지금 우리가 섬기는 우상은 말을 하고 걷고 생각한다. 한마디로 그것은 거인이다. 그리고 우리 불쌍한 촌사람들은 오래도록 일자무식으로 남아 있다. 오늘날 인민에 의한 혁명은 불가능하다. 만약 몇몇 왕들이 다시 한 번 실각한다면 그것은 적어도 프랑스에서는, 지식 계급의 차가운 멸시 때문일 것이다.

우아함을 기준으로 우리 삶을 구분하기 위해선 이제 귀족으로 태어났거나 복권에 당첨되는 것만으로는 충분하지 않다. 늘 정말로 아름답고 좋은 것 ─ 전체적으로 우리의 외모나 운명과 일치하는 것 ─ 을 고르게 하는, 정의할 수 없는 능력(아마도 우리의 감각 능력)을 타고나야 하리라. 이것은 오로지 끊임없는 연습을 통해서 (사물 간의) 관계를 발견하고, 결과를 예상하며, 사물, 말, 생각, 사람의 자리나 영향력을 추측하게 하는 섬세한 직감이다. 요약하자면 우아한 삶이란 사물에 시

---

53 황금 송아지는 출애굽기에서 금전과 권력을 상징한다.

(詩)를 부여하는 질서와 조화에 대한 고상한 생각이다. 여기에서 다음과 같은 아포리즘이 나온다.

9 부자는 만들어지지만 우아한 인간은 타고난다.

그 같은 기반에 근거해 높은 곳에서 내려다보면, '우아한 삶'의 체계는 사상가들이 신문에서 빈정거리는 것처럼 일시적인 농담이나 의미 없는 말이 아니다. 반대로 '우아한 삶'이란 사회 구조의 가장 엄격한 추론에 기초를 둔다. 그것은 부를 즐길 줄 알고, 지식으로 얻은 유리한 혜택에 따른 신분 상승에 대해 용서를 구할 줄 아는 상류층 사람들의 습관과 풍습이 아닐까? 우아한 삶이란 모든 분야의 사치를 나타낸다는 점에서 한 나라가 이룰 수 있는 발전의 최대치가 아닌가. 끝으로 우아한 삶이 완벽에 가깝게 다듬어진 인간 본성의 표시라면, 모든 인간은 그것을 연구하고 그 비밀을 간파하길 갈망해야 하지 않을까?

그러므로 이제 더 이상 유행과 패션의 '일시적인' 가르침을 경멸하거나 수용하는 데에 무관심할 수는 없다. 왜냐하면 "정신은 물질도 움직일 수 있기"[54] 때문이다. 다시 말해 한 인간의 정신은 그가 지팡이를 든 스타일로 짐작할 수 있다. '구별'은 일반적인 것이 되면 가치가 떨어지고 소멸한다. 그러나 구별의 기준을 분명히 알리도록 책임을 떠맡은 강력한 힘이 있으니, 바로 여론이다. 유행과 패션은 의상 분야의 여론이었을 뿐이다. 의상은 모든 상징 가운데 가장 강력한 것이므로,

---

54 1부 총론에 나온 베르길리우스의 경구, "정신은 물질을 움직인다."를 말한다.

혁명 또한 유행과 패션의 문제이자, 생사(生絲)와 나사(螺絲), 비단을 짜는 사람들과 비단으로 짠 옷을 입는 사람들 사이의 논쟁이었다. 그러나 오늘날 유행과 패션은 더 이상 개인의 사치에 국한되지 않는다. 일반적 진보의 목적이었던 생활 소재(素材)의 영역은 엄청나게 발전하였다. 백과사전을 만드는 것만이 우리의 유일한 욕구는 아니다. 우리가 키우는 동물들의 생활도 우리의 광범위한 지식과 결부된다.

이처럼 유행과 패션은 우아한 삶의 법칙들을 규정하면서 모든 예술을 아우른다. 그것은 작품과 책의 원칙이며, 어떤 발견을 확인해 주고 인간의 행복을 풍요롭게 하는 발명에 표시를 해 주는 만장일치의 도장이 아닌가? 그것은 인간의 재능에 경의를 표하는 일이며, 늘 이익을 가져다주는 보상이 아닌가? 우아한 삶은 진보를 받아들이고 진보를 알리면서 모든 분야의 선두에 선다. 말하자면 음악·문학·데생·건축에 혁명을 일으키는 것이다. 우아한 삶은, 외적인 삶의 차원에서 우리 사유의 표현을 좌우하는 양도할 수 없는 원칙들의 집합이라는 점에서, 일종의 '사물의 형이상학'이다.

Ⅲ 우아한 삶에 대한 논의 및 계획

"나는 삼촌을 보러 피에르퐁(Pierrefond)에 갔다 왔습니다. 그는 부자이고, 말 여러 필을 소유하고 있습니다. 그는 단지 호랑이가 뭔지 젊은 마부가 뭔지 브리스카가 뭔지 모를 뿐입니다. 그는 여전히 카브리올레라는 화려한 1인승 이륜마차를 타고 다닙니다."

——"뭐라고요!" 벽난로를 장식한 「고문당하는 비너스」 아래 파이프를 내려놓으며 우리의 친애하는 친구가 갑자기 외쳤다. "아니, 인류 전체와 관련된 것이라면 만민법이라는 법규가 있습니다. 나라에는 정치법이, 이해관계에는 민법이, 분쟁 조정에는 소송법이, 자유 유지에는 예심 제도가, 분실에는 형법이, 산업에는 통상법이, 시골에는 시골법이, 군인에게는 군법이, 흑인에게는 흑인 노예법[55]이, 나무에는 삼림법이, 깃발 장식의 조개에는 해양법이 있습니다. 어떻든 궁정이 몰락하고, 우리가 왕과 삼촌과 조카와 군마(軍馬)의 목숨과 발자국을 위해서까지 많은 눈물을 흘린 이래 우리는 모든 것을 일정한 공식으로 만들었습니다."

——"아니 그래서요?" 우리의 친애하는 친구가 숨을 돌리고 있음을 알아차리지 못하고 A-Z 씨가 말했다.

—— 친애하는 친구가 다시 말을 이어 갔다. "이러한 법규들이 만들어졌을 때 일종의 가축 전염병(그는 전염병이라고 말하려 했습니다.) 같은 것이 철자 오류를 자주 범하는 사람들을 사로잡았습니다. 그래서 우리는 법규로 범벅이 되고 말았습니다. 예절, 미식, 연극, 교양 있는 신사, 여성, 보상금, 소작인, 행정 등 모두가 자신의 법규를 가졌습니다. 그리고 법규화(codification)[56]가 하나의 특별한 학문이라고 주장한 생시몽의 사상이 수많은 책의 중심을 이루었습니다. 식자공이 실수를 한 걸까요? 뜻을 알 수 없는 'codafication'으로 잘못 읽은

---

55 흑인 노예법(code noir). 1685년 재상 콜베르(Jean Baptiste Colbert)에 의해 기획되어 루이 14세의 이름으로 공포된 칙령이며, 프랑스 식민지의 노예제를 규정한다.

56 [원주] 《주최자(L'Organisateur)》라는 잡지를 보라.

것은 아닐까요? 어떻든 상관없습니다."

—"여러분에게 요구합니다." 청중 가운데 한 사람을 응시하면서 친애하는 친구가 다시 말을 덧붙였다. "우아한 삶이 이 모든 작가와 사상가 들 속에서 입법자를 발견하지 못했음은 진실로 기적 아닌가요? 현재까지 출간된 매뉴얼들, 전원 감시원, 시장, 납세자 등이 쓴 모든 매뉴얼은 유행과 패션 개론서에 비하면 하찮지 않은가요? 삶을 시적으로 만드는 원칙을 담은 출판물은 엄청나게 유용한 물건이 아닐까요? 지방에 있는 대부분의 소작지나 경작지, 집이나 농가 들이 난장판이고, 가축들, 특히 말이 프랑스에서 기독교 국민에게 어울리지 않는 대접을 받고, 안락의자, 불멸의 퓌마드[57] 라이터, 르마르[58] 커피포트, 저렴한 양탄자 등이 파리에서 60리 떨어진 곳에 사는 사람들에게는 전혀 알려지지 않은 물건이라 하더라도, 현대 과학의 도움으로 탄생한 평범한 발명품들을 가지고 있지 않다는 것은 사소한 물건에 대한 무지 때문임이 분명합니다. 우아함은 모든 것과 관련되어 있습니다. 우아함의 목표는 한 나라의 국민들에게 사치 취향을 불어넣으면서 그들을 덜 가난하게 하는 것입니다. 하나의 위대한 격언이 다음과 같이 확실히 말해 주고 있습니다.

10 사람들이 획득하는 부는 그들 스스로 만든 욕구에 비례한다.

---

57 퓌마드(Fumade). 본래는 약사로 인(燐)을 함유한 라이터를 발명했다.

58 피에르알렉상드르 르마르(Pierre-Alexandre Lemare, 1766~1835). 프랑스의 문법학자. 그가 만든 커피포트는 1830년경 많은 사람들이 사용했다. 압력솥과 실용적인 요리용 화덕을 발명하기도 했다.

우아함은 나라의 경치를 더욱 아름답게 하고, 농업을 기술적으로 개량합니다. 가축이 지낼 곳과 먹을 것에 정성을 기울이면 좋은 품종과 좋은 제품이 나오기 때문입니다. 브르타뉴 지방에 가 보십시오. 그들이 소, 말, 양 그리고 아이들을 어떤 구덩이에서 재우는지 보게 될 것입니다. 또 당신은 장차 만들어야 할 모든 책 가운데 우아함에 대한 개론서야말로 모든 사람을 돕는 것이며, 국민을 가장 위하는 일임을 인정하게 될 것입니다. 만약 한 장관이 루이 18세의 테이블 위에 손수건과 코담배 갑을 내려놓았다거나 한 우아한 젊은이가 나이 든 시골 의사의 집에서 면도할 때 사용한 거울이 그를 뇌졸중 환자처럼 보이게 한다면, 당신 삼촌이 아직도 '카브리올레'라는 1인승 이륜마차를 타고 다닌다면, 분명 유행과 패션에 관한 권위 있는 책이 없기 때문입니다."

우리의 친애하는 친구는 능란한 화술로 오랫동안 말을 했다. 몇몇 사람들은 그가 수다스럽다고 했을지도 모른다. 그는 다음과 같이 언급하며 끝을 맺었다. "우아함은 삶을 극화(劇化)합니다."

이 말에 갑자기 장내가 술렁거렸다. 명민한 A-Z 씨가 반박했다. 극은 우아함을 풍습화하려는 그런 획일적인 이론에서 얻어지는 것이 아니라고. A-Z 씨는 자신의 주장을 뒷받침하기 위해 영국과 에스파냐를 비교하면서 두 나라의 관습이 보여 주는 지역적 색채에 대해 말했다. 그는 다음과 같은 말로 마무리하였다.

"여러분! 조금 전에 말한 부분에 결함이 있음을 쉽게 설명할 수 있습니다. 젊은 사람이건 늙은 사람이건 도대체 누가 무모하게 그런 엄청난 책임을 지려고 하겠습니까? 우아한 삶에 대한 개론서를 쓰기 위해서는 상상할 수 없을 만큼 광적인 자존심이 있어야 할 것입니다. 그 책은 자신들도 주저하며 모색하지만 우아함의 축복에는 도달하지 못한 파리의 멋쟁이들을 지배할 정도가 되어야 할 텐데…….”

그 순간 차(茶)에 정통한 사교계의 멋진 여신들을 칭송하는 소리가 들려오고, 계시라고 할 만한 뭔가가 사람들의 머릿속에 떠올랐다.《라 모드(La Mode)》의 멋쟁이[59] 편집자 한 사람[60]이 일어나서 동료들을 의기양양하게 쳐다보며 말했다.

“그런 사람이 있습니다.”

사람들은 이 말에 웃음을 터트렸지만, 이내 조용히 존경의 뜻을 표하고 말았다. 그가 “브러멀……”이라고 했기 때문이다.

“브러멀[61]입니다. 그는 현재 불로뉴[62]에 있습니다. 패션의 족장인 그가 그들 나라에 엄청난 도움을 주었는데도 그는 배은망덕한 수많은 빚쟁이들 때문에 영국에서 쫓겨났지요.”

---

59 [원주] 옷을 잘 차려입었다는 뜻이다.

60 『파리의 비밀』의 작가 외젠 쉬(Eugène Sue, 1804~1857)일 가능성이 높다. 그는 프랑스 신문 소설의 대표적 인물이다.

61 조지 브러멀(George Brummell, 1778~1840)은 본래 평민 출신으로 상류 사회 인사를 만나 벼락부자가 되었다. 훗날 조지 4세가 된 영국 황태자 휘하의 경기병 연대에 기수로 들어갔다가 황태자의 총애를 받는다. 세련된 옷차림과 무심한 듯 나른한 매너 덕분에 황태자의 눈길을 끌었고, 이러한 특질을 통해 사교계의 총아가 된다. 훗날 『우아함의 심판관(Arbitre de l'élégance)』이라는 책을 쓰기도 했다. 그러나 조지 4세가 뚱뚱해져서 더 이상 외모를 관리할 수 없게 되자 이 우아함의 심판관 또한 궁궐 밖으로 내쫓긴다. 왕을 “뚱땡이 벤(Big Ben)”이라고 놀린 점도 실각하는 원인이 되었다. 그는 프랑스의 한 요양원에서 죽었다.

62 발자크가 잘못 알고 있다. 당시 브러멀은 프랑스 북서쪽 항구 도시인 불로뉴가 아니라 도버 해협에 면한 작은 항구 도시 칼레(Calais)에 있었다.

브러멀이라는 이름 덕분에 우아한 삶에 대한 개론서의 출간은 쉬워졌고, 모든 사람들이 그 시도를, 인류를 위한 큰 선행이자 진보의 길로 내디딘 거대한 발자국으로 받아들였다.

여기서 우리가 브러멀에게 우아한 삶에 대한 철학적 추론을 빚지고 있다고 덧붙이는 것은 부질없는 일이리라. 그 철학적 추론을 통해 우리는 이전의 두 장에서 우아한 삶이 모든 인간 사회의 완성과 얼마나 밀접한 관련이 있는지를 보여 주었다. 영국식 사치의 영원한 창조자 브러멀의 오랜 친구들은 불완전한 번역을 통해서라도 그의 사상에 담긴 숭고한 철학이 인정받기를 바란다.

이 유행과 패션의 왕자를 만났을 때 우리를 사로잡았던 감정을 표현하기란 쉽지 않다. 아마도 그것은 존경과 환희였을 것이다. 가구와 조끼의 철학을 처음으로 생각해 내고, 판탈롱과 멋과 마구에 대한 격언들을 남긴 그 사람을 만났을 때 어떻게 떨리지 않을 수 있겠는가?

게다가 조지 4세의 절친한 친구였던 이 사람을 어떻게 찬미하지 않을 수 있겠는가? 그는 영국 상류 사회에 유행의 규범을 제시하고, 영국 황태자에게 잘 차려입은 장교들[63]보다 훨씬 앞서 보이는 옷차림과 편안함을 제공했다. 그는 유행과 패션이 발휘하는 영향력의 살아 있는 증거가 아닌가? 그러나 현재 브러멀이 인생의 고초를 겪고 있고, 불로뉴가 세인트헬레나[64]의 바위라고 생각하면 만감이 교차한다.

---

63 [원주] 조지 4세는 잘 차려입은 군인을 늘 알아보고 앞으로 나오게 했고, 우아하지 않은 사람들을 만나면 불편한 감정을 숨기지 않았다.

64 남대서양에 위치한 영국의 해외 영토이다. 나폴레옹이 유배된 일로 유명한 섬이다.

우리가 브러멀을 만났을 때 그는 잠자리에서 일어난 뒤였다. 그가 입고 있던 실내복에는 불행의 흔적이 묻어 있었다. 그러나 모든 것이 규범에 맞았고, 집안의 소품들과 훌륭하게 조화를 이루었다. 늙고 초라했지만 브러멀은 브러멀이었다. 다만 조지 4세처럼 약간 살이 쪄서 모델 같은 몸의 균형은 깨져 있었다. 그리고 왕년엔 댄디즘의 신이라고 불릴 정도로 대단했던 그는 가발을 쓰고 있었다. 끔찍한 교훈이었다. 브러멀이 이렇게 되다니. 취해서 인사불성인 상태로 집행관에게 붙잡혀 의사당에서 끌려 나오던 셰리든[65]의 모습이 아닌가?

가발 쓴 브러멀, 정원사 차림의 나폴레옹, 노망든 칸트,[66] 혁명가들의 붉은 모자를 쓴 루이 16세, 셰르부르의 샤를 10세[67] …… 이것이 우리 시대의 가장 유명한 다섯 가지 광경이다.

위대한 브러멀은 완벽한 태도로 우리를 맞이했다. 그의 겸손함은 우리를 사로잡았다. 사도처럼 수행했던 그의 업적을 칭송하자 그는 기분이 좋아 보였다. 그러나 그는 고맙다고 말하면서도 이제 자신에게는 그처럼 어려운 임무를 수행하기에 충분한 능력이 없다고 고백했다. 그는 다음과 같이 말했다.

"다행히 이곳 불로뉴에 몇몇 엘리트 신사 친구들이 있습니다. 그들은 영국에서 생각하기 힘들 만큼 후한 방식으로 우아한 삶을 영위하고 있습니다." 그는 모자를 벗으면서 "불행

---

65 셰리든(Richard Brinsley Sheridan, 1751~1816). 아일랜드 태생의 영국 정치가, 극작가. 주로 풍속 희극을 창작하였으며, 휘그당원으로 추밀 고문관 등을 역임하였다. 작품에 『듀에너』, 『험담꾼들』 따위가 있다.
66 칸트가 노망들었다는 것은 과장이다.
67 1830년 7월 혁명 이후 실각한 샤를 10세는 8월 15일 대서양 연안의 셰르부르를 통해 영국으로 도망쳤다.

한 용기에도 경의를 표하기를."이라고 덧붙였고, 익살꾼처럼 쾌활하게 우리를 바라보았다. 그리고 다시 말을 이어 갔다.

"우리는 여기서 저명하고 경험 많은 사람들을 모시고 위원회를 만들 수 있을 겁니다. 겉으로는 매우 경박해 보이는 이 우아한 삶의 가장 심각한 문제들에 최종 결정을 내리기 위해서 말입니다. 그리고 파리에 있는 당신 친구들이 우리의 규범을 받아들이거나 내칠 때 당신의 시도가 기념비적인 성격을 띠기를 기원합시다."

이렇게 말하고 나서 그는 우리에게 함께 차를 마시자고 제안했다. 우리는 그의 제안을 받아들였다. 약간 통통하지만 우아한 부인이 옆방에서 나와 차 시중을 들었다. 우리는 브러멀도 자신만의 커닝엄 백작 부인[68]과 함께 있음을 알아차렸다. 그 순간에는 오직 왕관의 숫자만이 그를 그의 친구 조지 4세와 구분해 주었다. 하지만 이제 그 둘은 모두 사망했거나 거의 사망했다.[69]

우리의 첫 회담은 점심시간 동안 이루어졌다. 우리가 찾아낸 결론은 브러멀을 기념하는 일이 파리에 행운을 가져다주리라는 점이었다.

우리가 몰두하던 문제에 현재 추진하는 계획의 사활이 걸려 있었다.

만약 우아한 삶에 대한 감각이 어느 정도 평탄한 조직에서 생겨나야 한다면, 인간은 두 계급으로 나뉜다. 시인과 산문작가, 우아한 사람들과 보통의 사람들로 말이다. 그렇다면 '개

---

68 조지 4세의 정부. 브러멀의 동반자 이야기는 발자크가 지어낸 것 같다.

69 조지 4세는 1830년 6월 26일에 사망했다. 브러멀은 8년을 더 살았다.

론'은 필요가 없다. 전자는 모든 것을 알고 있고, 후자는 아무 것도 배울 수 없기 때문이다.

그러나 브러멀과 기념비적인 대화를 한 뒤에 우리는 다음 과 같은 위로의 아포리즘을 얻었다.

> 11 우아함은 예술이라기보다 감정이다. 그것은 또한 직관
> 과 습관에서 생겨난다.

"그렇습니다." 브러멀의 충실한 친구인 윌리엄 크래드……크(William Crad……k)[70]가 외쳤다. "소지주인 시골 신사, 상인, 은행가 등 소심한 사람들을 안심시켜야 합니다. 귀족 계급의 자녀들이 모두 우아함의 감각이나 삶에 시적 특징을 부여하는 데 쓰일 취향을 가지고 태어나지는 않습니다. 그러나 각 나라의 귀족 계급은 예절과, 뛰어난 화합적 생활 방식에 의해 다른 사람들과 구별됩니다. 그렇다면 그들은 어떤 특권을 가지고 있습니까? 교육과 습관입니다. 대(大)귀족의 자녀들은 태어날 때부터 조화롭고 우아한 주변 분위기의 세례를 받고, 훌륭한 언어 전통과 품행을 지닌 어머니에게 양육되면서, 학문·예술의 기초와 쉽게 친해집니다. 웬만큼 까다로운 성격이 아니고 서는 그처럼 좋은 환경을 뿌리칠 수 없을 것입니다. 따라서 일반 사람들에게 가장 끔찍한 존재는 부르주아보다 못한 귀족일 것입니다.

---

70 버클리 크레이븐(Berkeley Craven)을 말한다. 발자크가 브러멀의 친구를 당시 파리에 있던 영국 대사관 무관인 윌리엄 크래덕(William Craddock) 대령이라고 말한 것은 실수인 듯하다.

모든 지적 능력이 동등하지 않은 것처럼 감각이 동등한 경우도 드뭅니다. 지적 능력이란 내면의 완성에서 생겨나기 때문입니다. 하지만 외형을 훌륭하게 만들면 지성도 동등해질 수 있습니다. 인간들의 다리는 각각의 얼굴보다 훨씬 더 닮았습니다. 이 신체 기관의 쭉 뻗은 외형 덕택입니다. 그러므로 모든 사람들이 습관을 통해 예민한 사물의 완성이라 할 수 있는 우아함에 도달할 수 있어야 합니다. 우아함에 대한 연구는 부유한 자에게 우리만큼이나 장화를 잘 신고 긴 바지를 잘 입게 할 수 있고, 부를 우아하게 소비하는 방법을 가르쳐 줄 수 있을 것입니다. 나머지 부분에 대해서도 마찬가지입니다.”

브러멀은 가볍게 눈살을 찌푸렸다. 우리는 그가 예전에 부자들을 복종하게 했던 선지자적인 소리를 들려줄 작정임을 짐작할 수 있었다. 그가 말했다.

“격언은 진실한 것입니다. 나는 앞서 발언한 분의 생각 일부에 동의합니다. 그러나 우아한 삶과 통속적인 삶의 경계를 없애는 것에는 전혀 동의하지 않습니다. 물론 우아한 삶의 신전 문을 모든 사람들에게 개방하는 일에도 동의하지 않습니다.”

“아닙니다.” 브러멀이 탁자를 주먹으로 내리치며 외쳤다. “아닙니다. 발이 있다고 모두 장화를 신거나 긴 바지를 입을 수 있는 것은 아닙니다. 절름발이도 있고 기형적인 사람도 있고 비열한 인간도 있지 않습니까? 살면서 우리가 수없이 되뇌는 다음과 같은 격언이 바로 그 점을 말해 주지 않습니까?

12 한 인간보다 인간 전체를 덜 닮은 것은 아무것도 없다.

그러므로 초심자에게 습관으로 우아한 삶에 도달할 수 있다는 희망을 주는 그런 우호적인 원칙을 만든 뒤, 예외도 있음을 인정합시다. 그리고 그 방법을 솔직하게 찾아봅시다."

많이 노력하고, 진지하게 토론하고, 수없이 관찰한 후에 우리는 다음과 같은 격언들을 만들었다.

13 우아한 삶을 영위하기 위해서는 적어도 수사학 정도는 갖춰야 한다.

14 소매상, 사업가, 고전어문학 교수들은 우아한 삶에서 제외한다.

15 구두쇠는 거절한다.

16 40세까지 (법원에) 파산 신고를 못 해 봤거나 (허리) 둘레가 36푸스[71] 이상인 은행가는 우아한 삶에서 탈락한다. 그들은 우아한 삶의 천국을 볼 수 있지만 거기에 들어갈 수는 없다.

17 파리에 자주 오지 않는 사람은 결코 완전하게 우아한 사람이 될 수 없다.

18 우아한 삶에서 무례한 인간은 말을 건네기도 싫은 끔찍한 존재이다.[72]

"그만 하십시오." 브러멀이 말했다. "만일 우리가 아포리즘을 더 추가할 수 있다면 개론서 2부의 대상인 일반 규범들

---

71 푸스(pouce)는 길이를 재는 옛 단위로 약 2.7센티미터이다.

72 [원주] 예절의 가장 시시한 규칙까지 아는 것도 교양의 한 요소이므로, 이 기회를 빌려 골티에 사제에게 경의를 표하고자 한다. 그가 쓴 예절에 관한 책은 이 분야에서 가장 완벽한 책이요, 훌륭한 도덕 개론서라고 할 수 있다. 이 작은 책은 제이 르누아르(J. Renouard) 서점에 있다.

을 가르칠 수 있겠지요. 하지만 그것은 실현될 가능성이 희박합니다."

그는 학문의 경계를 정하길 거절하면서 우리 책에 대해 다음과 같이 지적하였다.

"만일 우아한 삶을 구성하는 사상의 물질적 표현들을 모두 세심하게 검토한다면, 당신은 아마도 나처럼 어떤 사물과 우리 인격 사이에 밀접한 연관이 있다는 사실에 충격을 받을 겁니다. 말과 발걸음, 태도는 인간에게서 직접적으로 유래하는, 전적으로 우아함의 법칙에 속하는 행위입니다. 식사 테이블, 하인, 말, 마차, 가구, 살림은, 말하자면 개인에게서 간접적으로 파생되는 것입니다. 이런 삶의 액세서리들이, 우리가 우리에게서 유래하는 모든 것에 남기는 우아함의 흔적을 담고 있다 하더라도, 어떻게 보면 그것들은 사상의 중추와는 거리가 멀고, 우아함의 원대한 이론 속에서 그저 부차적인 자리를 차지하는 것 같습니다. 우리 시대를 움직이는 위대한 사상을, 패션에 무지한 형제들의 생활 태도에 영향을 끼칠 목적을 지닌 책에 반영하는 것이 자연스럽지 않겠습니까? 여기서 인정합시다. 지성과 직접적으로 연관된 모든 규범이 우리가 만들 귀족의 백과사전 분류에서 첫 번째 자리를 차지하리라는 점을."

브러멀이 덧붙여 말했다. "그러나 여러분! 그것은 다른 것들보다 우위에 있는 하나의 사실일 뿐입니다. 인간은 움직이고 말하고 걷고 먹기 전에 옷을 입습니다. 유행과 패션, 태도, 대화 따위에 속하는 행위는 옷차림의 결과에 지나지 않습니다. 찬탄할 만한 관찰자인 스턴은, 수염 깎은 사람의 생각은 수염 있는 사람의 생각과 같지 않다고 매우 재치 있게 말했습니다.[73] 우리 모두는 의복의 영향을 받습니다. 멋있게 차려입은 예술가는 더 이상 일하지 않습니다. 실내복을 입은 여인과, 무도회에 가기 위해 단장한 여인은 다릅니다. 아마도 당신은 다른 두 여인이라고 할 것입니다."

여기서 브러멀은 한숨을 쉬었다. 그러고는 다시 말을 이었다. "아침의 태도와 저녁의 태도는 전혀 다릅니다. 제게 우정을 베풀어 영광스럽게 생각하는 조지 4세는 분명 대관식 다음 날보다 대관식 날을 훨씬 더 중요하게 생각했습니다. 그러므로 옷차림은 사회적 인간이 느끼는 가장 거대한 변화이며, 모든 생활 방식에 강한 영향력을 미치는 것입니다. 내가 당신의 책을 이렇게 정리한다고 해서 책의 논리를 침해한다고 생각하지는 않습니다.

책의 2부에서 우아한 삶의 일반 원리를 규정한 다음, 3부에서는 인격에서 직접 유래하는 것들을 다뤄야 합니다. 물론 옷차림은 서두에서 다뤄야 하겠지요. 끝으로 4부에서는 인격에서 직접 유래하지만 제가 부차적이라고 생각하는 것들을 다뤄야 할 것입니다."

우리는 옷차림에 대한 브러멀의 편애를 이해할 수 있다. 그것이 그의 명성을 드높였기 때문이다. 바로 그 점이 이 위대한 인물의 오류일지도 모른다. 우리는 그의 논지를 반박하지

---

73 영국 소설가 로런스 스턴(Laurence Sterne, 1713~1768)의 작품 『트리스트럼 샌디(Tristram Shandy)』에 나오는 다음 부분을 참조할 것. "수염이 꺼칠꺼칠한 사람들의 사고는 한번 깎을 때마다 7년 정도의 명쾌함과 젊음이 더해지며, 모두 깎아 버리는 불상사만 피한다면 부단한 면도로 고상함의 절정에 도달할 수 있다. ― 호메로스가 수염을 그렇게 기르고 어떻게 글을 쓸 수 있었는지, 정말 알 수 없는 노릇이다.(9권)"

않기로 했다. 우아함을 연구하는 모든 나라의 학자들이 브러멀의 분류를 거부할 수도 있다는 위험을 무릅쓰고, 우리는 브러멀과 뜻을 함께하기로 했다.

소수의 저명한 애호가들로 구성된 우리 모임은 만장일치로 2부에서 우아함의 일반 원리를 다루기로 결정했다.

인격에서 직접 유래하는 것들을 다룰 3부는 여러 장으로 나누었다. 첫 번째 장은 "모든 부분에 있어서의 옷차림"을 포함할 것이고, 그 첫 번째 문단에서는 남성의 옷차림을, 두 번째 문단에서는 여성의 옷차림을 다룰 계획이다. 세 번째 문단에서는 향수와 목욕, 머리 모양에 대한 에세이를 제공할 것이다. 다른 장에서는 발걸음과 태도에 대한 완벽한 이론을 제시할 예정이다.

우리의 가장 친한 친구인 외젠 쉬는 우아한 스타일과 독창적인 발상, 뛰어나게 조화로운 생활 방식으로 유명한데, 그는 "무례함과 도덕·종교·정치·예술·문학의 관계에 대하여"라는 장을 맡아서 논평해 주기로 약속했다.

3부의 마지막 두 장에 대해서는 논쟁이 뜨거웠다. '태도'에 대한 장을 '대화'에 대한 장 앞에 두느냐가 문제였다. 브러멀은 즉흥 연설로 이 논쟁에 마침표를 찍었다. 그 연설의 전문을 소개할 수 없어서 아쉽다. 그는 다음과 같이 마무리했다.

"여러분, 만일 우리가 영국에 있다면 말보다 행동이 먼저 필요했을 것입니다. 제 동포들은 대개 과묵하기 때문입니다. 그러나 저는 몇 차례의 경험을 통해 프랑스에서는 행동하기 전에 말을 많이 한다는 사실을 알게 되었습니다."

액세서리를 다루게 될 4부는 방이나 가구, 식탁, 말, 하인, 마차 등에 대한 내용을 포함할 것이다. 그리고 "도시나 시골에서 손님을 맞이하는 법", "다른 사람 집에서 처신하는 법"으로 개론서의 마지막을 장식할 생각이다.

이렇게 해서 우리는 모든 학문 분야의 광범위하고 보편적인 지식들을 포괄하게 되리라. 그 속에는 삶의 모든 순간들, 깨어 있을 때 우리의 모든 행동을 지배하는 것들과 잠잘 때의 도구에 대한 내용도 포함될 터다.

2부 일반 원리

"부인, 불쾌하기 짝이 없는 완벽함이 있다는 사실을 생각해 보십시오."

　　—『덕성에 관한 연구』, 저자의 미간행 저서

IV 교리

　　가톨릭교회는 일곱 가지 원죄[74]를 인정했지만 그리스도교 윤리의 기본으로 꼽는 일곱 가지 덕[75] 중에서는 세 가지 덕[74]만을 받아들였다. 따라서 우리는 우리를 위로하는 세 가지 원천에 대해 일곱 가지 회한의 원리를 가지게 되었다. 3 대 7, 즉 10이라는 통탄할 문제를 가지게 된 것이다. 아빌라의 성 테레

74　시기, 탐식, 화, 게으름, 탐욕, 정욕, 자만을 말한다.

75　그리스도교 윤리의 기본으로 꼽는 일곱 가지 덕. 인간의 보편적 자질에서 우러나오는 것으로 고대 이방에서 가르쳤던 네 가지 '자연적 덕'(신중, 절제, 용기, 정의)과 그리스도교에서 정한, 하느님의 특별한 선물로 생기는 세 가지 '신학적 덕'(믿음, 소망, 사랑)이 있다. 일반적으로 덕은 "생활과 행동을 윤리 원칙에 맞추는 것"이라고 정의되어 왔으므로, 이 일곱 가지 덕은 이러한 윤리 원칙을 따를 때 취하는 태도와 성향을 뜻한다. 이것을 전통적으로 일곱 가지라고 생각하는 까닭은 이와 정반대되는 일곱 가지 원죄의 경우와 마찬가지로 7이라는 숫자가 인간 행동의 전 영역을 포괄한다고 여겼기 때문이다.

76　세 가지 대신덕(對神德)은 믿음, 소망, 사랑이다.

사[77]나 아시시의 성 프란체스코[78]를 제외하고 어떤 인간도 이런 숙명적 제안의 결과를 피할 수 없었다.

엄격성에도 불구하고 이 교리는 가톨릭 세계를 지배하듯 우아함의 세계도 지배한다. 악은 타협안을 (단순히) 약속에 따라 규정하지만 선은 엄격한 방침을 따른다. 이런 불변의 법칙에서 우리는 다음과 같은,『의식의 경우』[79] 사전에 승인을 받은 경구를 추출해 낼 수 있다.

19 선은 오직 한 가지 유행만을 갖지만 악은 수천 가지 유행을 가진다.

이처럼 우아한 삶은 일곱 가지 중대한 죄와 세 가지 큰 덕을 가진다. 그렇다, 우아함은 삼위일체,[80] 자유, 덕성처럼 나

---

77 예수의 성 테레사(Saint Teresa of Jesus, 1515~1582)라고도 한다. 로마 가톨릭의 대표적인 신비주의자 가운데 하나로, 수많은 저작을 남겼다. 원시 카르멜회의 엄격하고 명상적인 성향을 회복하고자 '카르멜회 개혁'을 시작한 인물이다. 1970년 교황 바오로 6세에게서 여성 최초로 교회 박사 칭호를 받았다.

78 아시시의 성 프란체스코(San Francesco d'Assisi, 1182~1226)는 로마 가톨릭의 수도사이다. 13세기 초에 프란체스코회(프란체스코 수도회)를 설립함으로써 세속화된 로마 가톨릭교회의 개혁 운동을 이끈 교회 개혁가이기도 하다.

79 장 퐁타(Jean Pontas)가 만든『의식 용어 사전(Le Dictionnaire des cas de conscience)』을 말한다.

80 예수 그리스도가 계시한 하느님은 성부, 성자, 성령의 세 위격(位格)을 가지며, 이 세 위격은 동일한 본질을 공유하고, 유일한 실체로서 존재한다는 교리이다. 하느님 아버지(성부)인 유일신은 그의 독생자(성자)를 이 세상에 보내어 성령으로 인류를 구원한다. 이 교리는 325년 니케아 공의회에서 교회의 정통 신조로 공인되고, 451년 칼케돈 공의회에서 추인됨으로써 그리스도교의 정식 교의로 확립되었다.

눌수 없는 하나이다. 여기에서 우리의 일반 아포리즘 가운데 가장 중요한 경구들이 도출된다.

> 20 우아함을 이루는 근본 원리는 통일성이다.
> 21 적확성, 조화, 상대적인 단순함 없는 통일성이란 있을 수 없다.

우아함을 만드는 것은 단순함보다는 조화, 조화보다는 적확성이다. 우아함은 세 가지 큰 덕성 사이의 신비로운 조화에서 나온다. 우아함을 도처에서 갑자기 창조하는 것은 선천적으로 탁월한 정신의 비밀이다. 화장이나 집, 낯선 사람과의 대화나 태도를 더럽히는 모든 나쁜 취향을 분석하면서 관찰자는 이것들이 통일성의 세 가지 원리에 더 혹은 덜 민감하게 위배됨을 알게 될 것이다.

외부적 삶은 인간을 나타내는 일종의 조직된 체계이다. 그것은 달팽이의 색깔이 껍질 위에 재생되는 것과 같다. 우아한 삶 속에서는 모든 것이 서로 연결되어 있고 통한다. 조르주 퀴비에[81] 씨는 어떤 동물의 이마뼈나 턱뼈 혹은 넓적다리뼈만 보고도, 설령 그것이 노아의 대홍수 전의 것이라 하더라도, 그 모든 생물체를 귀납적으로 추론할 수 있지 않은가? 또한 한 개체를 도마뱀류, 유대류, 육식류, 초식류 등으로 분류하여 재구성하지 않는가? 이 사람은 절대 틀린 적이 없다. 재능은 그

---

81 조르주 퀴비에(Georges Barron Cuvier, 1769~1832). 프랑스의 동물학자, 정치가. 고생물학을 창시하고 동물계의 분류표를 만들었다. 라마르크의 진화론을 부정하고, 천변지이설(天變地異說)을 주창하여 종(種)은 변하지 않음을 주장하였다.

에게 동물적인 삶의 단일한 원리를 밝혀 주었다.

박차[82]가 말을 추측하게 하는 것처럼 우아한 삶에 있어서도 의자 하나가 가구 전체를 결정짓는다. 어떻게 몸을 단장했는지에 따라 그가 어떤 귀족 계급인지 어떤 훌륭한 취향을 가졌는지 알 수 있다. 각각의 재산은 바닥이 있고 정상이 있다. 우아함을 지닌 조르주 퀴비에 같은 이들은 결코 잘못된 판단을 내릴 위험에 자신을 노출하지 않는다. 그들은 당신에게 수집 미술품, 순종 말, 사보느리 양탄자,[83] 반투명 비단 커튼, 모자이크로 장식된 벽난로, 에트루리아[84] 꽃병, 다비드 당제[85]의

---

82 말을 탈 때 신는 구두 뒤축에 달린 물건. 톱니바퀴 모양의 쇠붙이로 만들며 말의 배를 차서 빨리 달리게 한다.

83 프랑스 사보느리(Savonnerie) 공방에서 제작한 보풀 있는 프랑스산 대형 양탄자를 말한다. 사보느리 공방은 17세기 파리의 샤요에 있는 오스피스 드 라 사보느리 왕궁에서 쓸 물건과 왕실의 선물로 쓸 양탄자를 조달하기 위해 왕명으로 세워졌다. 처음에는 궁정에, 그 후에는 정부 청사에 양탄자와 의자 방석 등의 직조품을 제공했다. 이 양탄자의 무늬는 꽃 장식과 르네상스 건축의 구상을 따서 창안되었고, 그 가운데 많은 것들이 고블랭의 태피스트리를 디자인한 작가들이 그린 회화와 만화에 바탕을 두었다. 1826년 회사가 합병되면서 사보느리 공방은 파리의 고블랭 작업장으로 옮겨졌다.

84 고대 에트루리아인이 살던 이탈리아 중부 지역. 종교적 동맹을 맺은 열두 개의 도시로 이루어졌으며 왕국까지 세웠으나 로마에 정복되었다. 지금의 토스카나 지방이다.

85 다비드 당제(Pierre-Jean David d'Angers, 1789~1856). 프랑스 조각가. 19세기 초 프랑스 조각의 주류였던 신고전주의 양식에 반대했다. 조각공의 아들로 태어난 다비드는 17세 때 단돈 11프랑을 가지고 필리프로랑 롤랑(Philippe-Laurent Roland)에게 사사하기 위해 파리로 갔다. 1년 반에 걸친 노력 끝에 앙제시 당국으로부터 소액의 연금을 받게 되었다. 1811년 '로마상(Prix de Rome)'을 받고 이탈리아로 가서 한동안 안토니오 카노바의 작업실에서 일했다. 런던에 잠시 체류한 뒤 1816년 파리에 돌아와서 중요한 작업을 많이 의뢰받았다. 정치적으로 항상 급진파였던 그는 1851년 12월 쿠데타가 일어나자 잠시 프랑스를

끝에서 막 빠져나온 조각상에 걸린 추시계에 할애된 돈이 얼마인지 말해 줄 터다. 끝으로 그들에게 양복걸이를 가져다주어라. 그러면 규방인지, 방인지, 궁전인지, 어디서 온 물건인지를 유추해 낼 것이다.

엄격한 통일성을 요구받은 이 모든 것은 살아가는 데 필요한 모든 액세서리들을 서로 맞물리게 한다. 취향이 훌륭한 사람은 예술가처럼 사소한 것에도 평가를 내리기 때문이다. 전체가 완벽할수록 부정확한 어법은 더욱 심해진다. 가령 마르티네 촛대[86]에 값비싼 양초를 꽂으려 하는 사람은 바보이거나 천재이다. 이 위대한 유행의 원리를 잘 이해한 사람은 유명한 T 부인[87]이다. 그 덕분에 우리는 다음과 같은 경구를 가지게 되었다.

> 22 어떤 집의 문지방을 넘어 보면 우리는 그 집 안주인의 성향을 알 수 있다.

당신의 재산을 보여 주는 이 광대하고 영원한 이미지가 당신 재산의 불충실한 견본이 되어서는 결코 안 된다. 왜냐하면 당신은 인색과 무능이라는 두 암초 사이에 놓이게 될 것이

떠나야 했다. 당대의 많은 유명 인사들이 다비드에게 흉상이나 메달 제작을 의뢰했다. 양제에 있는 다비드 박물관은 그의 원작 또는 모조품을 거의 완벽하게 수집해 놓았다.

86 마르티네(martinet) 촛대는 철이나 구리로 만든 하나의 손잡이가 달린 평평하고 작은 촛대인데, 1830년 무렵에는 유행이 지나서 소시민들이 사용하는 물건으로 평가받았다.

87 19세기 초 프랑스 사교계에서 호화로운 패션으로 유명했던 탈리앙(Thérésa Tallien, 1773~1835) 부인을 말한다.

기 때문이다. 너무 검소한 것처럼 너무 천박한 것도 통일성을 해친다. 아무리 별거 아니더라도 통일성은 당신의 창조력과, 당신의 겉모습이 조화를 이루게 한다.

중요한 실수 하나가 얼굴 전체를 망쳐 놓을 수 있다.

이런 명제의 첫 번째 항인 인색은 이미 심판을 받았지만 수치스러운 악덕으로 비난받지는 않기 때문에 많은 사람들이 두 가지 결과를 다 얻으려 한다. 바로 돈을 아끼면서 우아한 삶을 살고자 하는 것이다. 돈을 아끼면서도 우아한 삶을 살 수 있지만 결국은 우스꽝스러운 존재가 되고 만다. 그들은 늘 용수철과 평형추, 바닥의 홈과 같은 무대 장치를 사람들이 보도록 내버려 두는 서투른 무대 장치가와 같지 않은가? 그들은 다음과 같은 지식의 가장 중요한 두 경구를 잊어버린 것이다.

23 우아함의 가장 중요한 효과는 수단과 방법을 감추는 것이다.

24 아끼려는 모습은 어떤 것이든 우아하지 못하다.

사실 절약은 하나의 수단이며, 관리의 신경과 같다.(경제적으로 운영하는 일은 굉장히 중요하다.) 그러나 한편으로 그것은 기계 장치의 톱니바퀴를 유연하게 하는 기름과도 흡사하기에, 눈으로 보거나 느껴서는 안 된다.

인색한 사람들이 받아야 할 벌은 이런 장애뿐만이 아니다. 그들은 생활의 발전을 제한하면서 자신들의 영역에서 내려오게 된다. 그리고 권력이 있음에도 불구하고 허영심 때문에 반대편 암초로 달려가는 자들과 같은 수준에 스스로를 내던진다. 이런 끔찍한 형제애에 오싹해하지 않을 사람이 누가 있겠는가?

당신은 도시나 시골에서 반(半)귀족인 부르주아들을 숱하게 만나 보지 않았는가?《마티외 란스베르그(Mathieu Laensbergh)》[88]에 따르면 과도하게 치장하는 그들은 의복이나 장신구 등이 부족해서 사교 모임과 향락, 의무를 따져 보지 않으면 안 될 처지에 놓인다. 모자의 노예가 된 부인들은 비를 두려워하고, 신사들은 햇볕이나 먼지를 두려워한다. 기상 관측에 쓰는 청우계처럼 민감한 그들은 스스로 날씨를 알아맞히고 구름을 발견하면 전부 자리를 뜬다. 비에 젖고 진흙투성이가 된 그들은 자신들의 누추한 집에서 서로를 비난한다. 궁색한 그들은 도처에서 아무것도 즐기지 못한다.

이 이론은 다음과 같은 경구로 요약할 수 있다. 이 경구는 마차에 앉기 위해 치마를 걷어 올려야 하는 여인네부터 (이탈리아) 희가극 가수를 원하는 어린 독일 왕자에 이르기까지 모든 사람에게 적용된다.

   25 여유는 외적인 삶과 자신이 가진 재산의 조화에서 생겨난다.

인간은 오로지 이러한 원칙을 철저히 지킴으로써 가장 사소한 행동에까지 자유를 발휘할 수 있다. 우아함은 자유 없이 존재할 수 없다. 만약 우리가 우리의 욕망을 우리가 가진 권력에 따라 조절한다면, 우리는 우리의 영역 안에 머물 것이다.

---

88 점성가 마티외 란스베르그가 창간한 《리에주 연감(Almanach de Liège)》 (1635)의 전통을 이어받아 루앙에서 발행된 잡지를 말한다.

권력을 잃을지 모른다는 두려움을 갖지 않기 위해서 말이다. 우리가 흔히 '안락에 대한 의식'이라고 부르는 안전 위주의 행위는, 잘못 이해된 허영심이 야기하는 모든 폭풍우에서 우리를 보호할 것이다.

우아한 삶의 전문가는 양탄자 위에 녹색 천으로 된 기다란 길을 만들지 않고, 천식을 앓는 늙은 삼촌의 방문을 두려워하지도 않는다. 그들은 말을 타고 산책하기 위해서 온도계를 쳐다보지 않는다. 마찬가지로 재산이 주는 혜택만큼이나 부담도 순순히 받아들이기 때문에 물질적 손해에도 불쾌해하지 않는 것 같다. 왜냐하면 그들에게 모든 것은 돈으로 보상되거나 사람들이 겪는 얼마간의 고통으로 해결되기 때문이다. 꽃병을 놓거나 새장 시계를 설치하거나 (등받이 없는) 긴 의자를 커버로 덮거나 광택제를 봉지에 넣어 두는 일은, 큰 촛대를 사기 위해 저축을 하고는 곧바로 두꺼운 망사를 (촛대에) 덮어씌우는 선량한 사람들과 흡사하지 않은가?

훌륭한 취향을 가진 사람은 그가 소유한 모든 것을 누려야 한다. 퐁트넬[89]의 말처럼 "그는 지나치게 존경받으려 하는 것을 좋아하지 않는다." 자연이 그렇듯 그는 매일 화려함을 쌓는 일을 두려워하지 않는다. 그는 광채를 다시 만들 수 있다. 그래서 그는 뤽상부르의 베테랑들[90]처럼 가구들이 스스로 방향을 바꾸려고 받침 부분을 수없이 움직이는 봉사 정신

---

89 베르나르 퐁트넬(Bernard Le Bovier de Fontenelle, 1657~1757). 프랑스의 사상가, 문학가. 18세기 계몽사상의 선구자로, 처음에는 시, 비극 등 문학 작품에 관여했으나 나중에는 미신을 타파하고 과학적 사고를 보급하는 데 힘썼다. 저서로는 『세계 다수(多數) 문답』, 『신탁(神託)의 역사』 따위가 있다.

90 뤽상부르 공원을 배회하는 파리의 수많은 노인들을 말한다.

을 발휘하지 않기를 원한다. 그는 결코 물건 가격이 너무 비싸다고 불평하지 않는다. 왜냐하면 그는 모든 것을 내다보기 때문이다.

바쁜 삶을 사는 사람에게 누군가를 집으로 초대하는 일은 장엄하고 무게 있는 축제이다. 그는 축제에 온 사람들에게 보이기 위해 정기 간행물을 풀어 놓고, 장롱을 비우고 청동 가구를 덮은 천을 벗긴다.

그러나 우아한 삶을 사는 사람은 언제나 손님을 맞이할 줄 안다. 그는 갑작스러운 방문에도 놀라지 않는다. 그가 소중하게 생각하는 격언은 가족적인 것이며, 새로운 세계의 발견을 자랑으로 삼는다. 그는 셈페르 파라투스(semper paratus),[91] 즉 항상 준비되어 있으며, 항상 자신과 닮아 있다. 그의 집과 그가 만나는 사람, 마차와 사치는, 이를테면 일요일 같기 때문에 꾸며지거나 준비되는 것이 아니다. 그에게는 매일매일이 축제이다.

만약 큰 것과 작은 것의 비교가 허용된다면 우아한 삶을 사는 사람은 요크 공작이 도착했다는 소식을 듣고도 태연하게 "그를 4호실로 안내하시오."라고 말했던, 저 유명한 데생(Dessein)[92]과 같다. 그렇지 않으면 아브랑테스(Abrantès) 공작 부인과 같다고 할 수 있다. 그녀는 전날 나폴레옹에게서 베스트팔리아 여왕을 랭시(Raincy)에서 맞이해 달라는 부탁을

---

91 세인트헬레나섬에서 나폴레옹의 마지막 대화를 기록한 것으로 유명한 프랑스의 역사가 라스 카즈(Emmanuel de Las Cases, 1766~1842)가 남긴 말이다. 그가 남긴 『세인트헬레나의 비망록』(1823)은 나폴레옹 신화의 탄생에 결정적인 역할을 했다.

92 프랑스 북부의 항구 도시 칼레에 유명한 호텔을 소유하고 있었던 사람이다. 이 호텔에 브러멀이 거주했다.

듣고 저택의 우두머리 급사장에게 "내일 나는 여왕을 맞이할 거야."라는 말을 남긴 뒤에, 다음 날 왕실에서 행하는 것과 같은 사냥과 호화로운 만찬과 무도회를 제공했다.

모든 우아한 사람은 생활 속에서 이런 여유로운 방식을 본받아야 한다. 끊임없이 탐구하고 세부적인 부분에까지 세련된 유행을 따르면 이런 놀랄 만한 결과를 쉽게 얻을 수 있을 것이다. 세심한 관심은 전체의 고상한 매력을 (영원히) 지속시킨다. 이런 사실에서 다음과 같은 영국의 격언이 나왔다.

26 유지는 우아함의 필수 불가결한 조건이다.

유지는 사물을 매일 윤기 나게 하는 청결함에 필수적인 조건일 뿐만 아니라 시스템 전체를 표현하는 말이다.

유럽인의 의상에서 섬세함과 우아한 피륙이 금실로 짠 모직물이나 고된 노동으로 점철된 중세의 문장을 넣은 긴 웃옷을 대체한 순간부터 일상생활에서 하나의 거대한 혁명이 일어났다. 우리는 재산을 보존하는 데에 용이하지 않은 가구에 숨기는 대신 거기서 나오는 이자로 훨씬 가볍고 덜 비싸고 바꾸기 쉬운 물건들을 소비하게 되었다. 그리고 가족들은 재산[93]의 상속권을 뺏기지 않게 되었다.

---

93 [원주] 특히나 천박한 이야기이기 때문에 여기서 인용하는 바송피에르(Bassompierre)의 의복은 현재의 화폐 단위로 볼 때 10만 에큐가 나갈 정도로 비싸다. 오늘날에는 가장 우아한 사람도 옷차림을 위해 1만 5000프랑을 쓰지는 않는다. 게다가 그는 계절마다 옷을 바꿔 입었다. 사용된 액수의 차이는 사치의 차이를 드러낸다. 그 차이는 여성들의 옷차림뿐 아니라 우리 학문의 모든 분야에 적용된다는 사실을 관찰할 수 있다.

진보한 문명에서 발생한 이러한 셈법은 영국에서 새롭게 발전했다. 편안하고 안락한 영역에 자리하는 일상의 물건들은 무엇보다 유행의 변덕에 종속되는 일종의 거대한 의상으로 간주되었다. 부자들은 매년 그들의 말과 마차, 가구를 바꾸었다. 다이아몬드 같은 것도 새로 세공되었다. 모든 것이 새로운 형태를 띠게 되었다. 마찬가지로 아무리 사소한 가구라도 이런 생각 속에서 만들어졌다. 원료는 조심스럽게 모습을 감추기 시작했다. 우리는 아직 이 정도의 기술에는 도달하지 못했지만 그럼에도 불구하고 몇몇 분야에서는 발전을 이루었다. 제정 시대의 무거운 목공 세공품들은 완전히 유죄 선고를 받았고, 육중한 마차와, 예술가와 훌륭한 취향을 가진 사람을 모두 만족시키지 못했던 불완전한 걸작품인 조각들도 마찬가지였다. 우리는 마침내 우아하고 단순한 길로 나아가게 되었다. 우리의 소박한 재산이 변화를 자주 추구하지 못하게 하지만, 적어도 현재의 풍습을 지배하는 다음과 같은 경구를 이해할 수는 있다.

27 사치는 우아함보다 돈이 덜 든다.

그리고 우리는 조상들이 가구의 획득을 투자라고 생각했던 데 근거한 시스템에서 멀어지려고 한다. 왜냐하면 우리는 콩스탕탱[94]이 자신의 유명한 작품 포르나리나(Fornarina)를 재현한 술잔을 수집가에게 보여 주는 것보다 아름다운 단색

---

94 아브라암 콩스탕탱(Abraham Constantin, 1785~1855). 제네바 출신의 도자기
    화가. 그의 작품 '포르나리나'는 세브르 박물관에 보관되어 있다.

도자기로 시중받으면서 식사하는 것이 훨씬 우아하고 안락하다는 사실을 본능적으로 느끼기 때문이다.

예술은 경이로운 것들을 만들어 낸다. 개인은 그것을 왕에게 맡겨 두어야 한다. 훌륭한 건축물도 마찬가지이다. 그것은 국가에 속할 뿐이다. 자신의 삶 전체에 우월한 생활을 보여 주는 견본을 도입하려는 어리석은 사람은 존재하지 않는 것을 나타내려고 한다. 그리고 그는 우리가 비난했던 우스꽝스러운 사람들의 무능함에 빠지게 된다. 그래서 우리는 규모의 강박 관념에 사로잡힌 사람들을 계몽하기 위해 다음과 같은 격언을 만들었다.

28 우아한 삶은 자존심을 솜씨 좋게 발전시킨 것이다. 따라서 지나치게 허영심을 드러내는 모든 것은 우아한 삶의 군더더기라고 할 수 있다.

이것은 참으로 놀라운 일이다. 학문의 모든 일반 원칙은 우리가 표방한 중요 원칙에서 파생된 명제에 불과하다. 왜냐하면 유지하고 보존하는 것, 그리고 관련 법칙들은 어떻게 보면 통일성의 즉각적인 결과이기 때문이다.

수많은 사람들이 우리가 숭배하는 경구들의 횡포 때문에 엄청난 낭비를 일삼았다고 반박했다.

사람들은 우리에게 물었다. 도대체 어느 정도의 재산이 있어야 당신들의 이론을 만족시킬 수 있습니까? 가구가 새로 갖춰지고 벽지가 새로 도배되고 마차가 수리되고 규방의 비단이 바뀐 다음 날, 유행을 따르는 우아한 사람이라면 포마드를 바른 자신의 머리를 무례하게 벽지에 문지르기 위해서 그

집을 방문하지 않을까? 화가 잔뜩 난 남자가 양탄자를 더럽히기 위해서 일부러 찾아온다면? 어설픈 사람이 나타나서 마차를 들이받는다면? 규방의 신성한 문턱을 넘으려는 무례한 사람의 행동을 영원히 막을 수는 없지 않은가?

여자들은 자신을 적절하게 옹호하는 방법을 알고 자신의 주장을 그럴듯하게 포장하기도 하는데, 그런 주장들은 다음과 같은 경구에 의해 산산이 조각나고 말 것이다.

29 품위 있는 남자는 자신이 모든 것을 지배한다고 생각하지 않는다. 그는 그 재량권을 타인에게 맡겨야 한다고 생각한다.

우아한 사람은 왕처럼 말하지 않는다. 예를 들면 그는 '우리의' 마차, '우리의' 궁전, '우리의' 성, '우리의' 말이라고 하지 않는다. 그러나 그는 왕과 같은 섬세함으로 자신의 모든 행동에 흔적을 남길 줄 안다. 왕과 같은 섬세함이란 매우 탁월한 은유라고 할 수 있는데, 그 덕분에 그는 자신을 둘러싼 모든 것을 자기에게 유리하게 하는 듯하다. 마찬가지로 이런 고귀한 이론은 그 전 것만큼이나 중요한 다음과 같은 격언을 내포한다.

30 어떤 사람을 집에 받아들인다는 것은 그가 당신의 영역에 거주할 자격이 있는 사람임을 가정한다.

그러므로 철없는 부인들이 우리의 절대적인 교리에 대해 해명을 요구할, 이른바 불행이라는 것은 단지 용서할 수 없는 요령 부족 때문에 생긴 일이다. 한 집안의 여주인이 손님의 존경과 배려 부족에 대해 불평할 수 있을까? 그것은 그녀의 잘못이 아닌가? 훌륭한 사람들에게는 그들 스스로 식별되는, 그런 프리메이슨의 기호 같은 것이 존재하지 않을까?

만약 자신과 대등한 사람만 친한 사람으로 받아들인다면 우아한 인간은 사고가 생길까 두려워하지 않아도 된다. 혹시라도 누가 불시에 찾아오면 그것은 어느 누구도 피할 수 없는 운이다. 대기실은 하나의 기관이다. 귀족 계급이 엄청나게 발전했던 영국에서 면회실이 없는 집은 거의 없다. 이 방은 아랫사람들에게 면담을 허락하는 목적으로 만들어졌다. 아무 일도 하지 않고 무위도식하는 사람과 분주한 사람을 구분 짓는 것은 에티켓이다. 의식(儀式) 자체를 비웃는 철학자나, 불평가, 또는 매사를 웃음거리로 만드는 사람들은 자신에게 식료품을 공급하는 사람을, 설사 그가 유명한 동업 조합의 유권자라 하더라도, 후작에게 하는 만큼 친절하게 집으로 들이지는 않는다. 그렇기 때문에 유행을 따르는 우아한 사람들은 노동자를 경멸하지 않는다. 오히려 그들은 노동자들에 대해 "존경받을 만한 사람들입니다."라며 사회적 존경을 드러내는 표현을 사용한다.

우아한 사람에게 공장 노동자 계층을 조롱하는 일이란 꿀로 파리에게 고통을 주는 것이나 작업 중인 예술가를 방해하는 것만큼이나 어리석은 짓이다. 그것은 잘못된 태도다.

따라서 살롱은 우아한 걸음걸이를 가진 사람들의 것이다. 이는 군함이 "항해하기 좋은 발"[95]을 가진 사람들의 것이라는

---

95 원문의 avoir le pied marin을 직역한 것이다. '뱃멀미를 하지 않다.' 또는 '흔들리는 배 위에서 균형을 잡다.'라는 뜻을 가지고 있다.

사실과 마찬가지이다. 만약 당신이 우리의 전제 원리를 거부한다면 그 결과도 모두 받아들여야 할 것이다.

이런 원리에서 다음과 같은 근본적인 경구가 나왔다.

31 우아한 삶에 있어서 우월성이란 더 이상 존재하지 않는다. 여기서는 서로 대등하게 의논한다.

품위 있는 남자는 어느 누구에게도 "영광스럽게도 나는⋯⋯"이라고 말하지 않는다. 그는 어느 누구의 공손한 종복도 아니다.[96] 오늘날 새로운 양식을 결정짓는 것은 예법이라는 감정이다. 훌륭한 취향을 가진 사람들은 그것을 상황에 맞게 자기 것으로 만들 줄 안다. 이런 관점에서 우리는 비생산적인 사고를 하는 사람들에게 『몽테스키외의 편지』[97]를 읽어 보라고 권한다. 이 유명한 작가는 예법에 있어서 보기 드물게 유연한 재능을 발휘했다. 그는 "나는 ⋯⋯할 영광을 가지게 되었습니다."라는 표현에 대한 혐오 때문에 사소하고 짤막한 편지라도 갖가지 재능을 발휘하여 마무리했다. 우아한 삶을 영위하는 사람들은 한 나라의 자연적 귀족 계급을 나타낸다. 그들은 가장 완벽한 평등에 대해 경의를 표할 의무가 있다. 재능, 돈, 권력은 동일한 권능을 준다. 그렇기 때문에 당신이 어설피 목례한, 겉으로는 약하고 누추해 보이는 사람이 곧바로 국가의 우두머리가 되기도 하고, 당신이 비굴할 정도로 공손

---

96 원문의 le très humble serviteur를 직역한 것이다. 이 표현은 흔히 편지 말미에서 배상(拜上), 'Yours truly', 'From'의 뜻으로 자주 사용된다.

97 1827년 출간된 몽테스키외 선집에 수록된 『가족에게 보내는 편지(Lettres familières)』를 말한다.

하게 인사를 건넨 사람이 내일이면 권력 없이 재산만 있는 허망한 신세가 될 수도 있다.

지금까지 우리의 교리는 사물의 형태보다 정신과 관련된 내용을 더 많이 포함했다. 어떻게 보면 우아한 삶의 미학을 소개한 것이다. 세부적인 부분을 지배하는 일반 법칙들을 탐구하면서 우리는 건축의 진정한 원칙과 앞으로 제시해야 할 원칙 사이에 유사성이 있다는 사실에 놀랐다. 그리하여 우리는 혹시 우아한 삶을 영위하는 데 소용되는 사물들이 대부분 건축 분야에 속한 것은 아닌지 자문했다. 옷, 침대, 승합 마차의 좌석은, 집이 인간과 인간이 사용하는 물건들을 덮는 커다란 옷인 것처럼 인간의 안식처이다. 탈레랑의 말처럼 우리는 심지어 언어에 이르기까지 모든 것을 동원해서 (우리의) 삶이나 생각을 감추려 하지만 그럼에도 그것들은 그 모든 베일을 뚫고 나온다.

이러한 원칙에 과도한 중요성을 부여하고 싶지는 않지만 그것들 가운데 몇 가지를 적어 보고자 한다.

32 우아함은 수단과 목적이 어울리길 절대적으로 원한다.

이 원칙에서 그것의 즉각적 결과라고 할 수 있는 다음 경구가 나온다.

33 훌륭한 취향을 가진 사람은 항상 자신에게 필요한 것을 최소한으로 줄일 줄 알아야 한다.

34 사물들은 각각 원래의 모습대로 드러나야 한다.

35 지나친 장식은 (오히려) 해가 된다.

36 장식은 고상하게 이루어져야 한다.

37 어쨌든 너무 다양한 색은 나쁜 취향에 속한다.

우리는 여기서 몇몇 경구를 적용하여 그것들의 정당성을 증명하려 노력하지는 않을 것이다. 왜냐하면 다음에 이어질 두 부분에서 각각의 구체적인 효과를 지적하면서 경구들의 결과를 더 합리적으로 설명할 수 있기 때문이다. 이런 관찰을 통해 우리는 해당 부분에서 각각의 세부적인 구분을 지배하는 일반 원칙을 추출할 수 있다. 우리는 그 원칙의 소재를 다루는 각 장의 첫 부분에 요약해 두는 편이 더 낫다고 생각한다.

많은 사람들이 우리가 앞서 선포했고 앞으로 자주 참조할 규범들을 평범하다고 생각할 수도 있다. 우리는 필요한 경우 이 비난을 칭찬으로 간주할 것이다. 물론 우리보다는 우아함을 탐구하는 많은 학자들이 관련 법칙들을 훨씬 더 잘 만들고 추론하고 논리적으로 연결할 터다. 우리가 제시한 법칙들이 단순하긴 하지만, 우리는 반드시 패션의 새 신봉자들로 하여금 훌륭한 취향이 법칙의 적용보다 인식에서 나온다는 사실을 깨닫게 할 것이다. 인류는 이 학문을 마치 모국어를 말하는 것처럼 수월하게 실천해야 하리라. 우아함의 세계에서 더듬거리는 것은 위험한 일이다. 당신은 우아함을 완전히 체득하지 못한 사람들이 우아함을 추구해야 한다는 사실에서 피로감을 느끼고, 말할 때마다 작은 사전을 꺼내는 가련한 영국인들처럼 셔츠에 작은 주름이 진 것을 거북해하고, 예의 바른 행동을 익히기 위해 피땀 흘려 노력하는 모습을 자주 보지 않았는가? 당신이 우아함병에 걸린 멍청이라면 우리의 스물세 번째 아포리즘에서 당신을 영원히 비난하는 다음과 같은 원칙이 나왔음을 기억해야 한다.

38 갈고닦은 우아함을 진정한 우아함이라고 하는 것은 가발을 머리털이라고 하는 것과 같다.

엄혹한 결과이지만 이 격언은 다음과 같은 파생 명제를 내포한다.

39 댄디즘은 우아한 삶의 이단이다.

사실 댄디즘은 유행과 패션(mode)에 대한 가식이다. 스스로를 댄디로 만들면서 인간은 규방의 가구가 되고, 말이나 소파 위에 포즈를 잡고, 지팡이 끝을 물어뜯거나 빠는 엄청나게 기발한 마네킹이 된다. 생각하는 존재? ……그건 결코 아니다. 유행과 패션 속에서 오직 그것만을 보는 인간은 어리석다. 우아한 삶은 사고나 학문을 추방하지 않는다. 오히려 보통의 것과 차별을 두어 신성화한다. 우아한 삶은 단지 시간을 향유하는 법만 배워서는 안 되며, 시간을 매우 고매한 사고의 차원에서 사용할 줄 알아야 한다.

『시론』의 2부를 시작하면서 우리는 우리의 교리와 기독교 교리 사이에 몇 가지 유사성이 있음을 발견했다. 그런 이유로 우리는 신학에서 스콜라 학파의 용어를 빌려 와 2부를 마무리하고자 한다. 그 용어들은 우리의 원칙을 기꺼이 적용했던 사람들이 얻은 결과를 설명하는 데 적합하다.

새로운 사람이 등장했다. 그는 의복과 장신구 취향이 훌륭하다. 그는 손님 접대에 매우 능숙하다. 그와 함께하는 사람들은 거칠지 않고 세련되었다. 그는 아주 훌륭한 저녁을 대접한다. 그는 유행과 패션, 정치, 신조어, 일시적으로 통용되는 것들에 대해서도 잘 알고, 심지어 그것들을 만들어 내기까지 한다. 그가 가진 모든 것은 어김없이 안락하고 쾌적하다. 어떻게 보면 그는 우아함의 '감리교 신자'라고 할 수 있다. 그는 시대와 함께 걷는다. 우아하지도 불쾌하지도 않은 당신 같은 사람은 그에게서 어떤 무례한 말도 찾아내지 못할 것이다. 그에게서는 우아하지 않은 어떤 제스처도 새어 나오지 않는다. 이런 식의 묘사는 끝이 없을 것 같다. 이 사람은 '충분히 우아하다.'

　우리 모두는 여기서 자신을 불쾌하게 하지 않으면서 그에 대해 말하게 하는 비법을 지닌 사랑스러운 이기주의자의 모습을 알아차리지 못하는 것일까? 그의 모든 것은 우아하고 신선하고 세련되고, 심지어 시적이기까지 하다. 그는 사람들이 자기를 부러워하게 한다. 그의 쾌락과 사치에 당신을 전적으로 연관 짓게 되면 당신의 재산이 축나지 않을까 걱정된다. 그가 말을 하면서 보이는 호의는 완벽에 가까운 예의이다. 그에게 우정은 그 풍요로움에 대해 너무나 잘 아는 하나의 주제이다. 그는 우정이라는 주제를 변주해서 각자의 기분에 맞게 들려준다.

　그의 삶은 끝없는 개성들로 점철된다. 그만의 방식과 태도 덕분에 그 개성들은 용인된다. 예술가와 함께 있을 때는 예술가로, 노인과 함께 있을 때는 노인으로, 아이들과 함께 있을 때는 아이로, 사람들의 환심을 사는 것이 아니라 그들을 유혹한다. 그는 자신의 이익으로 우리를 자극하고 그 계산으로 우리를 즐겁게 한다. 그는 무료하기 때문에 우리를 보살피고 달콤한 말로 우리를 꾄다. 만약 그가 우리를 가지고 놀았다는 사실을 알게 되더라도 우리는 내일이면 우리를 다시 속여 달라고 그에게 달려갈 것이다. 이 사람은 '본질적으로 우아하다.'

그는 아름다운 목소리를 가졌고 말할 때마다 태도 속에 깃든 매력을 발휘한다. 그는 말할 줄 알고 침묵할 줄 안다. 그는 당신에게 세심하게 신경 쓴다. 적절한 대화가 이루어지도록 주제를 잘 다룬다. 그가 구사하는 단어는 정교하게 선택된 것이고 그의 언어는 순수하며, 농담을 해도 애무하는 것 같고 비판을 해도 어느 누구의 마음도 상하게 하지 않는다. 멍청한 자들이 하는 것처럼 무지한 확신으로 상대방을 반박하지 않고, 당신과 함께 상식과 진리를 모색한다. 그는 말다툼을 벌이지도 않지만 지루하게 설명을 늘어놓지도 않는다. 그는 토론을 주도하기를 즐기면서도 적당할 때 멈출 줄 안다. 그는 한결같은 기질을 가지며, 늘 상냥하고 얼굴에는 웃음을 띤다. 그의 친절은 강요된 것이 아니며 그의 배려는 비굴하지 않다. 그는 타인에게 보이는 존경을 감미로운 그늘에 불과한 것으로 만든다. 그는 당신을 결코 피곤하게 하지 않으며 그와 당신에 대해 만족하게 내버려 둔다. 알 수 없는 힘에 의해 그의 영역 속으로 끌려간 당신은 그의 정신이 대단히 고매하고 그를 둘러싼 사물들도 마찬가지임을 발견하게 된다. 모든 것이 당신의 눈을 즐겁게 하고, 당신은 그곳에서 고향의 공기를 마시는 것처럼 숨 쉰다. 당신과 사적인 대화를 나눌 때 그는 순진한 어조로 당신의 마음을 사로잡는다. 그는 자연스럽다. 애써 노력하거나 사치를 부리거나 과시하지 않는다. 그의 감정은 진심이기 때문에 살아 있다. 그는 솔직하다. 그렇다고 다른 사람의 자존심을 상하게 하는 일은 없다. 그는 하느님이 그러하셨던 것처럼 사람들을 받아들인다. 결함이 있는 자들과 어리석은 자들을 용서하고 모든 연령대를 이해하며 어떤 것에도 화를 내지 않는다. 그에게는 모든 것을 예견할 수 있는 직감이 있기 때문이다. 그는 위로하기 전에 은혜를 베푼다. 그는 부드럽고 유쾌하다. 당신은 그를 사랑하지 않을 수 없으리라. 당신은 그를 하나의 표본으로 삼을 것이며 그를 숭배하게 될 터다.

이 사람은 신적이며 상반적(相伴的)인[98] 우아함을 가지고 있다.

샤를 노디에[99]는 이런 이상적인 존재를, 자신의 글에서 마술 같은 솜씨로 그려 낸 우아한 인물, 우데[100]를 통해 구현했다. 그러나 작가의 설명을 읽는 것으로는 부족하다. 노디에에게 몸소 그의 특징에 대해 들어야 한다. 그것들은 글로 표현하기엔 너무도 사적이기 때문이다. 직접 들어 보면 당신은 이런 선택받은 존재들의 마술 같은 힘을 이해하게 될 것이다.

사람의 마음을 끄는 이런 매혹적인 힘은 우아한 삶의 커다란 목표이다. 우리 모두는 그런 힘을 탈취하기 위해 노력해야 한다. 그러나 성공하기는 쉽지 않을 것이다. 그러기 위해서는 아름다운 영혼을 가져야 하기 때문이다. 그런 힘을 행사하

---

98 인간의 자유의지에 의한 행위를 돕는 신의 상반적 은총에서 나온 표현이다.

99 샤를 노디에(Chrles Nodier, 1780~1844)는 프랑스 낭만주의의 대가이다. 발자크는 1832년 8월에 《르뷔 드 파리》를 통해 발표된 샤를 노디에의 '인간의 재생과 부활에 대하여(De la palingénésie et de la résurrection)'라는 글을 암시하는 듯하다. 여기서 노디에는 발랑슈의 재생 이론을 다루며, 인간은 '이해심 있는 존재'가 아니라고 주장했다.

100 나폴레옹 정부의 붕괴를 목적으로 결성된 비밀 조직에 대한 역사를 기술하면서 노디에가 소개한 자크조제프 우데(Jacques-Joseph Oudet) 대령을 말한다. 우데는 노디에와 동향이며, 이 비밀 조직에 속해 있던 말레(Mallet) 장군의 제1 부관이었다.

는 사람들은 행복할지어다. 자연과 사람들…… 모두가 우리
에게 미소 짓는 모습을 보는 것은 아름다운 일이다.

지금까지 우리는 우아한 삶에 대해 전체적으로 훑어보았
다. 이제 세부적인 부분에 전념할 때가 되었다.

3부 사람에게서 발현한 사물들

이 모든 어리석은 짓을 하지 않고도 재능 있는 사람이 될 수 있다고 생각하십니까? — "네 그렇습니다. 그렇지만 당신은 제법 사랑스러운, 잘 또는 잘못 자란 재능 있는 사람이 될 것입니다."라고 그녀가 말했다.

— 살롱에서 이야기를 나누는 무명씨

V 모든 분야의 옷차림에 대해서

우리는 한 젊은 작가[101]가 철학적으로 사고한 덕분에 유행과 패션의 가장 경박한 질문에 대해 진지하게 생각해 보았다. 그것을 격언으로 표현하면 다음과 같다.

40 옷차림은 사회를 표현한다.

이 격언은 우리의 모든 교리를 요약하고 있으며, 다른 표현을 찾을 수 없을 정도로 우리의 거의 모든 교리를 내포한다.

시대마다 각 민족들이 어떤 옷을 입었는지를 탐구하는 학자나 우아한 삶을 영위하는 사람은 의상을 통해 가장 생동감 있고 그 민족을 가장 잘 드러낼 수 있는 역사를 만들 수

---

101 《라 모드》의 정기 기고가였던 이폴리트 오제(Hippolyte Auger)를 말한다.

있다.

프랑크족의 긴 머리, 성직자의 삭발한 머리,[102] 중세 농노의 짧게 깎은 머리, 포포캉부의 가발,[103] 귀족들의 화장분, 1790년의 티투스 황제의 조각상을 흉내 낸 머리 모양 등을 설명하는 것은 프랑스의 주요 혁명에 대해 말하는 것과 같지 않을까? 중세의 뾰족 구두,[104] 동냥 주머니,[105] 두건,[106] 휘장이나 장식 리본, 살대,[107] 고래 뼈의 테,[108] 장갑, 가면, 벨벳이 어떻게 생겨났는지 묻는 것은 사치와 관련된 법의 엄청난 미로 속이나, 야만적인 중세가 유럽에 도입한 거친 풍속에 대항하여 문명이 벌인 싸움터로 뛰어드는 일이다. 성직자들에게 짧은 바지를 못 입게 하고 곧 긴 바지도 걸치지 못하게 한 것이나, 보베 성당의 참사회원들이 쓰던 가발이 약 반세기 동안 파리 고등 법원에서 통용되었던 것은 표면적으로는 하찮아 보이지만 관련 집단의 생각이나 이익을 표현했다. 다리 부분이든 허리 윗부분이든 머리 부분이든 의복의 한 부분에 일어난 변화를 통해 당신은 사회가 진보했는지, 시스템이 후퇴했는지, 격렬한 싸움이 일어났는지를 알 수 있다. 때때로 구두가 특권을 나타내기도 했고, 동냥 주머니나 헝겊 모자 또는 모자

---

102 성직자가 머리 한가운데를 둥글게 깎은 모양.

103 샤를 노디에의 『보헤미아 왕과 일곱 개의 성 이야기(Histoire du roi de Bohème et de ses sept châteaux)』에 등장하는 통북투의 왕 포포캉부르슈벌뤼(Popocambou-le-Chevelu)가 쓰는 가발을 말한다.

104 중세 말 유행한 끝이 뾰족하게 쳐들린 구두.

105 동냥하는 이에게 줄 돈을 넣고 허리에 차고 다니던 것.

106 어깨까지 덮는 모자의 일종.

107 치마를 둥그렇게 퍼지게 하는 살대.

108 17~18세기에 여성 스커트를 불룩하게 하는 데 쓰던 것.

표가 혁명을 가리키기도 했다. 자수나 현장[109]이 그런 역할을 한 적도 있고, 리본이나 짚으로 만든 장식이 정당이나 파벌을 나타내기도 했다. 그것들의 착용 여부에 따라 당신은 십자군, 신교도, 기즈 가문,[110] 신성 동맹,[111] 베아른[112] 사람, 프롱드 당원[113]으로 분류되었다.

녹색 헝겊 모자를 쓰고 있는가? ……그렇다면 당신은 명예 따위와는 상관없는 사람이다.

겉옷에 휘장 대신 노란색 수레바퀴(수레바퀴 모양)를 달고 있는가? 그렇다면 기독교도에게 내기를 걸어라. 유대인이라면 야간 통행금지 시간에 당신의 거처로 돌아가라. 그러지 않으면 벌금형에 처해질 것이다. 만약 당신이 정열적인 눈처럼 반짝이는 금빛 고리, 굉장한 목걸이, 귀걸이를 가지고 있다면 조심해라. 도시를 지키는 군인이 당신을 돈 있는 늙은이들이나 등쳐 먹고 풍기를 문란하게 한다는 혐의로 체포할 것이다.

희고 고운 손을 가지고 있다면? ……당신은 "자크 보놈[114]

---

109 오른쪽 어깨에서 왼쪽 겨드랑이에 걸쳐 두르는 띠.

110 가톨릭 동맹의 과격파 가톨릭교도들을 이끌던 16세기 프랑스 최고의 권문세가.

111 16세기 말 프랑스 종교 전쟁 시기에 로마 가톨릭 신자들이 모여서 만든 단체. 가톨릭 동맹이라고도 한다.

112 프랑스 남서부 산간 지방. 1589년 나바라 왕국의 엔리케 3세가 프랑스의 왕 앙리 4세가 되면서 프랑스 소유지가 되었다.

113 프롱드 난을 지지한 귀족들을 말한다. 프롱드 난은 1648~1653년에 걸쳐 일어난 프랑스 내란이다. 섭정 모후(母后) 안 도트리슈와 재상 마자랭을 중심으로 하는 궁정파에 대항해서 파리 고등 법원과 관리들이 일으킨 반란이다. 흔히 귀족 최후의 저항이자 시민 계급 최초의 혁명이라고 말한다.

114 자크 보놈(Jacques Bonhomme)은 '촌뜨기'라는 뜻이다. 백 년 전쟁 당시 귀족들은 농민을 업신여겨서 '자크' 또는 '자크 보놈'이라고 불렀다. 농민 폭동으로 유명한 '자크리(Jacquerie)'라는 말은 농민의 대표적 이름이었던 자크를 집합

만세! 귀족들에게 죽음을!"이라는 외침 아래 참수형을 당할 것이다.

성 안드레아[115] 십자가를 가지고 있다면? 걱정하지 말고 파리로 들어가라. 부르고뉴 공작 장[116]이 그곳을 지배하고 있다.

프랑스의 삼색 휘장[117]을 달고 있다면? 얼른 도망가라. 마르세유 의용군들이 당신을 죽이려고 할 것이다. 워털루의 대포[118]들이 혁명의 전사자들과 부르봉 왕가의 늙은이들을 모욕

명사화한 호칭이다.

115 성 안드레아(Saint-André)는 예수 그리스도의 열두 제자 가운데 한 사람이며 베드로의 동생이다. 그리스어에서 유래한 이름으로, '사내다움' 또는 '용기'를 뜻한다. 형과 달리 성실하고 온건하며 신중한 성격의 인물로, 러시아에 최초로 복음을 전파했다고 한다. 로마 제국의 속주인 마케도니아 남쪽 지역에서 체포되어 X자 형태의 십자가에 못 박혀 순교하였다. 안드레아가 자신이 매달릴 십자가로 X자형 십자가를 선택한 이유는 그리스어로 X가 그리스도라는 단어의 첫 글자이기 때문이다. 형장에 끌려갈 당시 안드레아는 십자가 앞에 무릎을 꿇고 양손을 높이 쳐들면서 "오, 영광의 십자가여! 너를 통하여 우리를 구속하신 주님께서 지금 나를 부르시는가! 속히 나를 이 세상에서 끌어올려 주님의 곁으로 가게 해 다오."라며 기쁨에 넘치는 기도를 바쳤다고 한다. 그래서 그를 묘사한 그림이나 조각상에는 십자가를 든 모습이 많다.

116 발루아 가문 출신의 2대 부르고뉴 공작(1404~1419). 별칭은 용맹공(Jean sans peur). 15세기 초 프랑스 사태에서 중요한 역할을 했다.

117 프랑스 혁명 초기에 삼색은 휘장 형태로 먼저 사용되었다. 1789년 7월 바스티유 함락 직전 파리에서는 동요의 기운이 감돌고 있었다. 당시 민병대는 파리의 옛 색깔인 적색과 청색으로 이루어진 이색 휘장 형태의 독특한 표식을 사용했다. 7월 17일 파리에 입성한 루이 16세는 새로운 민병대를 인정하여 청색과 적색의 휘장을 높이 들었다. 이에 당시 민병대장이었던 라파예트가 왕을 상징하는 백색을 추가한 것으로 보인다. 프랑스는 1794년 2월 15일 삼색기를 국기로 제정했다.

118 프랑스의 영웅 나폴레옹은 워털루 전투에서 대포를 중요한 위치에 배치한 후

했기 때문이다.

옷차림이 실제로 인간 전체를 나타내고, 다시 말해 정치적 견해를 지닌 인간, 자신의 실존에 대한 텍스트를 지닌 인간, 해독하기 어려운 상형 문자 같은 인간을 나타내는 것이 아니라면, 옷차림을 과연 모든 스타일 가운데 가장 의미심장한 스타일이라고 할 수 있겠는가? 현재의 '외관 생리학'[119]은 갈과 라바터에 의해 예술의 한 분야로 발전했다. 지금은 비록 우리 모두가 거의 같은 방법으로 옷을 입고 있지만 조금만 더 자세히 관찰해 보면 군중 속에서, 집회 한가운데에서, 극장에서, 산책길에서, 마레 지구나 생제르맹데프레, 라틴 구역이나 쇼세당탱(Chaussée-d'Antin)의 남자들, 무산자와 지주, 소비자와 생산자, 변호사, 군인, 말하는 자와 행동하는 자들을 쉽게 구별할 수 있다. 우리 군대의 지사(知事)들이 소속 연대 병사들의 유니폼을 식별하는 것보다 더 빠르게 생리학자들은 한 인간에게 제기된 특징들이 사치와 노동, 또는 비참함 때문에 비롯되었는지 아닌지를 구분한다.

옷걸이를 원하는 곳에 세워 놓고 옷들을 걸어 놓아라. 잘했다. 당신이 아무것도 볼 줄 모르는 바보처럼 걷는 것이 아니라면, 당신은 그의 낡은 소매와, 담배를 피우거나 휴식을 취하

승리를 장담했다고 한다. 그런데 작전 개시 전날 밤 소나기가 쏟아져서 대포 바퀴가 진흙 구덩이에 빠져 움직일 수 없게 되었고, 결국 나폴레옹은 그 전투에서 패배하고 말았다.

119 발자크가 '외관 생리학(vestignomie)'이라 명명한 이것은, 골상학의 창시자인 독일 의사 프란츠 요제프 갈(Franz Joseph Gall, 1758~1828)과 스위스의 작가이자 철학자로 얼굴 형태를 통해 성격을 분석해 내는 방법을 다룬 책 『인상학』을 쓴 요하나 카스퍼 라바터(Johana Kasper Lavater, 1741~1801)가 학문으로 정립한 것이다.

기 위해 의자에 자주 기댄 탓에 생긴 등의 수평 줄무늬를 통해 그가 관리임을 알아맞힐 수 있을 것이다. 당신은 수첩 때문에 불룩해진 주머니를 통해 그가 사업가임을 알아보고 감탄하게 될 터다. 손을 자주 넣고 다녀서 다 해진 바지 주머니를 통해 그가 산책했음을 짐작할 수 있고, 집어넣을 상자가 늘 부족하다고 불평하듯이 항상 커다랗게 열린 주머니를 통해서는 그가 가게 주인임을 알아차릴 수 있다. 그리고 다소 낡았지만 분칠을 하고 공들여 치장해서 깨끗해진 깃, 약간 색이 바랜 단춧구멍, 축 늘어진 연미복의 꼬리, 새 아마포의 탄성 따위는 직업이나 풍습 또는 습관을 정확하게 진단할 수 있게 한다. 여기에 댄디의 새로운 옷, 봉급 외 수입으로 생활하는 사람들이 입는 엘뵈프(Elbeuf)[120]산 나사(羅紗)로 만든 옷, 무허가 중개인의 짧은 르댕고트,[121] 시대에 뒤떨어진 리옹 사람의 금 단추 달린 연미복 또는 구두쇠의 때 묻은 스펜서[122]가 있다.

옷차림을 우아한 삶의 극치라고 생각한 브러멀의 주장은 옳았다. 왜냐하면 옷차림은 여론을 파악하고 결정하고 지배하기 때문이다. 바로 그것이 불행이라고 할 수 있다. 그러나 어차피 세상은 그렇게 흘러간다. 바보가 많은 곳에서 바보짓은 영속한다. 그렇다면 다음과 같은 경구에 담긴 의미를 인지해야 한다.

---

120 프랑스 북서부 오트노르망디 지방 센마리팀주에 있는 도시. 루앙에서 남쪽으로 19킬로미터 떨어진 곳. 센강의 좌안에 있다. 프랑스의 모직물 및 직물 제조업 중심지 가운데 하나이다.

121 승마용 코트에서 유래한 프록코트의 일종으로, 18~19세기에 유행했다. 상반신이 꼭 맞고 앞단이 둥글게 재단된 것이 특징이다.

122 19세기 초에 유행한 짧은 외투.

41 옷차림에 대한 무관심은 도덕적 자살이다.

만약 옷차림이 한 남자 전체를 나타낸다면 여자의 경우에는 훨씬 더 중요하다. 화장에 생긴 약간의 오류는 비록 이름난 귀부인이 아니라도 그녀를 가장 낮은 계층으로 전락시킬 수 있다.

의상의 과학이 만드는 진지한 질문에 대해 성찰하면서 우리는 몇몇 원칙이 세상 모든 나라의 남자와 여자 들의 옷차림을 지배하고 있음에 놀랐다. 그리고 의복의 법칙을 수립하기 위해서는 옷 입는 순서를 따라야 한다고 생각했다. 그리고 몇몇 행동이 전체의 주조를 이룬다는 사실도 알게 되었다. 왜냐하면 인간이 말하고 행동하기 전에 옷을 입는 것처럼, 옷을 입기 전에 몸을 씻기 때문이다. 따라서 이 장의 구분은 분명한 관찰의 결과이며, 그것은 다음과 같은 의복 제재의 배열에 따라 결정되었다.

① 옷차림의 보편적 원칙

② 옷차림과 관련된 청결함에 대하여

③ 남자의 옷차림

④ 여자의 옷차림

⑤ 옷의 변화와 장의 요약

옷차림의 보편적 원칙이란 이러하다.

인부들처럼 무관심하게 매일 똑같이 더럽고 냄새나는 옷을 걸치는 사람들은 아무것도 보거나 체험하지 못하고, 요리의 가치와 여성의 힘도 알지 못하고, 아름다운 말이나 어리석은 말조차 해 보지 못하고 세상을 살아가는 멍청이들만큼이나 많다. 그러나 어쩌랴! 그들을 용서해라. 왜냐하면 그들은 자신들이 하는 짓이 무엇인지조차 모르기 때문이다.

만약 그들에게 우아한 삶을 살도록 하는 것이 문제라면 그들은 언젠가 우리의 모든 지식이 들어 있는 다음과 같은 경구들을 이해하리라.

42 야만적인 사람은 옷으로 덮고, 부자와 멍청한 사람은 옷으로 치장하고, 우아한 사람은 옷을 입는다.

43 옷차림은 과학인 동시에 예술이며, 습관인 동시에 감각이다.

사실 옷차림 속에 진지한 과학이 있음을 인식하지 못하는 마흔 살 여자가 어디 있겠는가? 만약 당신이 옷을 걸치는 데 익숙하지 않다면 당신은 옷에 우아함이 존재한다고 고백하지 못할 것이다. 궁정 드레스를 회색 작업복으로 입는 것만큼 우스꽝스러운 일이 있을까? 옷차림에 대한 감각으로 말하자면…… 사교계의 사람들 가운데 금이나 옷감, 비단 그리고 일본의 신불(神佛) 같은 분위기를 내는 가장 사치스러운 물건을 아낌없이 쓸 수 있는 사람이 얼마나 될까? 그런 사실에서 다음과 같은 매우 진실한, 퇴역한 멋쟁이나 유혹의 고수들도 항상 연구해야 할 경구가 나왔다.

44 옷차림은 무엇을 걸치느냐가 아니라 어떻게 걸치느냐에 달려 있다.

마찬가지로 우리가 파악해야 할 것은 누더기 옷 그 자체가 아니라 누더기 옷의 정신이 아닌가. 지방 사람뿐만 아니라 파리에 사는 사람들조차 새로운 유행이라는 이름으로 에스파뉴 공작 부인이 저지른 다음과 같은 실수를 범할 수 있다. 어느 날 그녀는 아주 귀한 변기 하나를 받았으나 그것이 어떤 용도인지는 몰랐다. 그녀는 오랜 고민 끝에 그 형태를 보고 막연하게 그것이 식탁 위에 놓일 물건이라고 예상했다. 그리고 거기에 송로버섯을 넣은 스튜를 담아 손님들에게 내놓았다. 그녀는 생활에 필요한 위생용품과 도금한 도자기를 연결하지 못한 것이다.

오늘날 우리는 옷을 너무 많이 변화시켜 버려서 솔직히 옷이라고 할 만한 것이 없을 지경이다. 위대한 귀족이건 서민이건 유럽의 모든 가정에서는 중세와 절대주의 시대처럼 옷 위에 보석 장식을 하기보다 얇은 고급 직물을 걸치고 말을 소유하는 편이 훨씬 낫다는 사실을 본능적으로 알아차렸기 때문에 나사를 받아들였다. 옷차림으로 한정해서 말한다면 우아함은 옷차림의 세세한 부분에까지 극도로 신경을 기울인다. 사치의 단순성이라기보다 단순성의 사치라고 할 수 있다.

물론 다른 종류의 우아함도 있다. 그러나 그것은 옷차림에서의 허영심일 뿐이다. 이 우아함으로 인해 몇몇 여인들은 눈에 띄기 위해 이상한 옷감을 걸치고, 매듭을 묶기 위해 다이아몬드 브로치를 이용하며, 리본 매듭에 반짝이는 고리를 달게 되었다.

유행을 따르지 않으면 고통받는 사람들은 엄청난 연금을 받는 자들이다. 그들은 망사르드 지붕을 가진 집에 살면서 최신식 스타일을 뽐내고 싶어 한다. 그들은 아침엔 셔츠에 보석 장식을 하고 바지에 금 단추를 달고 멋들어진 줄로 사치스러운 안경을 잡아매고서 저녁에는 타바르[123]로 식사를 하러 간다. 얼마나 많은 파리의 탄탈로스[124]들이 아마도 의도적으로, 다음과 같은 경구를 무시하는지 모를 일이다.

45 옷차림은 절대 사치가 되어서는 안 된다.

많은 사람들, 심지어 우리가 그의 탁월한 지성을 인정하고 교육이나 심성에 있어서도 우월하다고 생각하는 사람조차 발을 치장하는 것과 마차를 치장하는 것의 차이를 제대로 알지 못한다.

우아함을 관찰하고자 하는 사람들이나 우아함에 정통한 사람들에게, 파리 거리에서 탁월하게 우아한 여인들을 만나는 일은 이루 말할 수 없는 기쁨이다. 그녀들은 옷차림 감각에서 자신들의 이름과 지위, 재산을 드러내면서도 저속한 사람들의 눈에는 아무것도 아닌 것처럼 보이게 하고 예술가나 산책을 즐기는 사람들에게는 전적으로 한 편의 시처럼 보이도록 한다. 그것은 옷 색깔과 디자인 사이의 완벽한 조화이고, 솜씨 좋은 하녀의 능숙한 손놀림을 보여 주는 장식의 마무리이다. 여인의 이런 고상한 힘은 보행자의 겸허한 역할에 절묘하게 순응한다. 왜냐하면 그것은 의복이나 장신구에 허용된

---

123 1829년 『상업 연감(Almanach du commerce)』에 등재된 파리의 유명 레스토랑.
124 그리스 신화에 나오는 왕. 제우스의 아들이자 펠롭스의 아버지이다. 큰 부자였으나 너무 오만하여 지옥으로 떨어져 영원한 목마름과 배고픔의 형벌을 받게 되었다고 한다. '애타게 하면서 괴롭히다.'라는 뜻의 영단어 tantalize는 여기서 유래한 말이다.

대담함을 무수히 경험한 데서 나오기 때문이다. 호화롭고 사치스러운 사륜마차에 익숙한 사람들만이 걸어가기 위해서는 어떻게 입어야 하는지를 알고 있다.

다음과 같은 경구들은 바로 이런 파리의 매혹적인 여신들 덕분에 나온 것이다.

46 의복이나 장신구는 여인이 도전하고자 하는 모든 것을 담은 하나의 여권과 같다.

47 걸어 다니는 자는 편견에 끊임없이 도전해야 한다.

그 결과 다음 경구는 무엇보다 평범한 보행자들의 옷차림의 원리를 지배해야 한다.

48 강렬한 인상만을 추구하려 드는 모든 것은 모든 소란스러운 일처럼 나쁜 취향에 속한다.

브러멀은 여기에 대해 가장 경탄할 만한 격언을 남겼다. 영국도 그의 말에 찬사를 보냈다.

49 만약 지나가는 사람이 당신을 주의 깊게 본다면 당신은 옷을 잘 차려입은 것이 아니다. 지나치게 차려입었거나 너무 부자연스럽거나 지나치게 멋을 부린 것이다.

이 불후의 금언에 따르면, 멋쟁이 보행자는 사람들의 눈에 띄지 않아야 한다. 평범하면서도 고상하게 보이고, 아는 사람들에게 인정받되 군중에게는 진가를 인정받지 못해야 성공이다. 뮈라는 자신을 프랑코니 왕[125]이라고 불렀는데, 이 점에 대해서는 거들먹거리기나 하고 별것 아닌 자를 추종한다고 혹독하게 비판받아야 한다. 그는 바보보다 더 못한 사람이다. 지나치게 치장하는 것은 제대로 치장하지 않는 것보다 더 큰 죄악이다. 다음의 경구는 아마도 젠체하는 여인들을 떨게 할 것이다.

50 유행을 앞지르면 추하고 우스꽝스러워진다.

이제 남은 것은, 잘못된 경험이 숙고와 관찰을 게을리한 사람들 사이에 퍼뜨린 오류 가운데 가장 심각한 오류를 깨는 일이다. 우리는 설명 없이 단호하게 최종 결정을 내릴 것이다. 여자들에게는 음미할 수 있도록, 살롱의 철학자들에게는 논의할 수 있도록 배려하겠다.

51 옷은 유약과 같다. 그것은 모든 것을 두드러지게 한다. 옷차림은 신체의 결함을 가리기 위해서라기보다는 신체의 장점을 강조하기 위해서 발명되었다.

그리하여 자연스럽게 다음과 같은 파생 명제가 나왔다.

52 옷차림이 감추려고 하는 모든 것, 자연이나 유행이 명

---

125 나폴레옹이 가장 아끼던 원수(元帥)들 가운데 한 사람이었던 뮈라(Gioacchino Murat, 1767~1815)는 자신을 19세기 프랑스의 곡마사 앙투안 프랑코니(Antoine Franconi, 1738~1836)에 비유했다. 프랑코니는 서커스를 연상시키는 번쩍거리고 화려한 옷으로 유명하다.

령하거나 원하는 것보다 더 부풀리려고 하는 모든 것은 늘 오류로 추정된다.

마찬가지로 거짓이나 착각을 목표로 하는 모든 유행은 본질적으로 일시적이며 나쁜 취향이다.

정확한 판례에서 유래하고 관찰에 의거하며 남녀 자존심의 가장 엄격한 계산에서 기인한 이 원칙들에 따르면, 제대로 자라지 못해서 흠이 있는 존재는 예의상 자신의 결점을 승화하려고 노력해야 한다. 그러나 그가 사람들에게 가장 가벼운 착각이라도 불러일으킬 수 있다고 생각한다면 그는 보통 이하의 존재가 되고 말리라. 드 라발리에 양은 우아하게 다리를 절었다. 그보다 더 많은 장애를 가진 인물들이 매력적인 정신과 놀랍도록 풍요롭고 열정적인 마음으로 자신의 결점을 승화할 줄 알았다. 사람들은 자신의 결점이 이점이 될 수 있다는 사실을 언제쯤 이해할 수 있을까! 완벽한 남자나 완벽한 여자란 가장 무가치한 존재이다.

우리는 모든 나라에 적용될 수 있는 이 예비적 성찰들을 다음과 같은, 설명이 불필요한 경구로 마무리하고자 한다.

53 신체가 찢어진 것은 불행이지만 도덕적 흠결은 죄악이다.

발걸음의 이론

전기 물질이 아니라면 무엇이 마술이라는 말인가? 시선 속에서 그토록 당당하게 확고해져 천재성의 명령에 대한 걸림돌을 제거하고 인간의 위선에도 겉모습을 뚫고 나오는 그런 의지를 말이다.

『루이 랑베르의 지적 이야기(Histoire intellectuelle de Louis Lambert)』[126]

내 생각에 인간 지식의 현재 상태에서 이 이론은, 다루어졌어야 했던 가장 새롭고 흥미로운 학문임에도 불구하고 거의 다루어지지 않았다. 나는 이 소중하고 순수한 학문적 동력인(動力因)을 인간 정신사에 대한 효과적인 관찰을 통해 증명할 수 있기를 기대한다. 라블레[127] 시대에 이미 그런 종류의

126 발자크는 1833년 파리 고슬랭 출판사에서 『루이 랑베르의 지적 이야기』를 출간했다. 다음 판본에서 이 소설은 『루이 랑베르』라는 제목으로 출간된다. 발자크가 여기서 제사(題詞)로 사용한 문장은 그의 총서 '인간 희극(La Comédie humaine)'에 나오는 것이다.

호기심을 발견해 내기란 대단히 어려운 일이었다. 하지만 오늘날 그 존재를 설명하기는 훨씬 더 어렵다. 모든 악덕과 미덕을 그 주변에 숨겨야 하기 때문이 아닐까?

그러한 이유에서 발랑슈[128]는 못 했지만 페로[129]는 자기도 모르는 사이에 「잠자는 숲속의 미녀」에서 하나의 신화를 만들어 냈다. 이는 완전히 천진난만한 천재성을 지닌 사람들의 놀라운 특권이다! 그들의 작품은 여러 결정면으로 세공된 다이아몬드로, 모든 시대의 사상을 비추어 빛나게 한다. 기지가 풍부하고 누구보다도 사고를 잘 이끌어 내는 인물인 라투르 메즈레[130]는 「장화 신은 고양이(Le Chat botté)」에서 '선전' 신화를 발견하지 않았던가.[131] 그것은 현대의 권력 중 하나이며, 프랑스 중앙은행에서 가치를 발견하는 것처럼 불가능한 일을 기대하게 한다. 즉 그것은 세상에서 가장 어리석은 대중의 정신에 있는 모든 것이고, 가장 의심 많은 시대의 맹신에 깃든 모든 것이며, 가장 이기적인 시대 깊은 곳에 자리한 연민 속에 나타난 모든 것이다.

---

127 프랑수아 라블레(François Rabelais, 1494~1553)는 프랑스의 작가이자 인문주의자로 프랑스의 르네상스를 이끌었다.

128 피에르시몽 발랑슈(Pierre-Simon Ballanche, 1776~1847)는 프랑스의 작가이자 가톨릭 사상가다.

129 샤를 페로(Charles Perrault, 1628~1703)는 프랑스의 문학가이다. 그는 「잠자는 숲속의 미녀」가 수록된 『교훈이 담긴 옛날이야기 또는 콩트(Les Contes de ma mère l'Oye)』(1697)의 저자다.

130 생샤를 라투르메즈레(Saint-Charles Lautour-Mézeray, 1801~1861)는 언론인이며 프랑스의 고위 공직자다. 발자크의 친구이기도 하다.

131 샤를 페로의 콩트 「장화 신은 고양이」에서 장화 신은 고양이는 무일푼인 주인을 '카라바 후작'이라고 주장하여 그에게 큰돈을 벌게 해 준다.

수없이 많은 지식인들이 사상을 갈망하는 이유는 그들이 사상 속에 돈이 있음을 알았기 때문이다. 그들이 매일 아침 일어나자마자 사상을 찾아 나서기 바쁜 까닭은 이 세상의 새로운 상황이 매번 그에 적합한 사상을 만들어 내기 때문이다. 아직도 번쩍이는 금을 캐낼 수 있는 일종의 광산이자 온갖 사람들이 오가는 땅인 파리에서 찾아낼 만한 일말의 이점은 없을까? 그것은 거드름을 피우는 일이다. 이런 작가의 자만심을 용서하면서, 좀 더 잘 생각해 보고 내 주장이 정당하다고 동의해 주기를 바란다. 인간이 걷게 된 이후 인간은 왜 걷는지, 어떻게 걷는지, 과연 걷는 것인지, 더 잘 걸을 수 있는지, 걸으면서 무엇을 하는지, 걷기를 강요하고 변화시키고 분석할 방법이 없을지 아무도 생각해 보지 않았다는 점은 정말로 이상하지 않은가. 이것은 사람들이 관심을 두었던 철학적·심리적·정치적인 모든 이론과 관련 있는 질문이다.

　뭐라고? 고인이 된 과학 아카데미의 마리오트[132]가 시간을 최대한 세분화하여 퐁 루아얄[133]의 아치 아래로 흐르는 물의 양을 측정했다고? 물의 더딘 흐름과 아치의 통로, 계절에 따른 대기의 변화 등이 만들어 낸 차이를 관찰함으로써 말이다! 인간이 제법 빠른 걸음을 통해 — 힘과 생활, 행동, 우리가 증오와 사랑, 대화, 여담에 소모한 알 수 없는 것 등에 있어서 — 어느 정도의 기(氣)를 잃거나 절약할 수 있었는지를 이 방법을 통해 조사하고 측정하고 계량하고 분석하고 공식으로

132　에듬 마리오트(Edme Mariotte, 1620~1684)는 과학 왕립 아카데미의 회원으로 퐁 루아얄에서 센강의 높이를 측정했다.

133　퐁 루아얄(Pont Royal)은 파리의 센강에 놓인 다리 중 하나로 17세기에 건설되었다.

나타내는 일은 어떤 학자도 생각해 내지 못했다!

아아! 두개골의 크기, 무게, 두뇌의 회전이 남다른 수많은 사람들, 기술자들, 기하학자들은 결국 사물에 적용된 움직임에 관한 수많은 정리, 보조 정리, 따름 정리를 이끌어 냈고, 천체가 움직이는 법칙을 밝혀냈고, 예기치 못한 온갖 변화 속에서 조수(潮水)를 파악했으며, 그것들을 확실하고 안전하게 바다를 이용하는 방식과 관련지었다. 하지만 생리학자도, 환자 없는 의사도, 할 일 없는 학자도, 비세트르[134] 병원의 미치광이도, 밀알을 셈하는 데 지친 통계학자도, 어느 누구도, 인간에게 적용된 움직임의 법칙에 대해서는 고려하지 않았다!

아아! 여러분은 샤를 노디에가 『보헤미아 왕 이야기(Histoire du roi de Bohême)』[135]에서 대단히 신랄하게 조롱한 「고대의 실내화에 대하여(De pantouflis veterum)」를 『발걸음에 대하여(De re ambulatoria)』[136]라는 아주 작은 책자보다 더 쉽게 찾을 수 있을 것이다!

그렇지만 이미 200년 전에 옥센셰르나(Oxenstierna) 백작은 이렇게 외쳤다.

"군인과 신하 들을 지치게 하는 것은 발걸음이다!"

3만 명의 유명인들 이름 속에 파묻혀 거의 잊혔으나 그중 간신히 살아남은 수백 명 중 한 사람인 샹폴리옹[137]은 천진하

---

134 비세트르(Bicêtre) 병원은 가난한 환자와 정신병자 들을 수용하던 시설이다.

135 샤를 노디에는 '고대의 실내화'에 대해 다루면서 이 라틴어 논설을 언급했다.

136 『발걸음에 대하여(De la démarche)』의 라틴어 표기이다.

137 장프랑수아 샹폴리옹(Jean-François Champollion, 1790~1832)은 프랑스의 이집트학자로 이집트의 상형 문자를 최초로 해독한 사람이다.

게 형성된 인간 사상의 변천이라 할 수 있는 상형 문자와 목동이 발견하여 상인들이 완성시킨 바빌로니아 칼데아의 알파벳을 위해 삶을 바쳤다. 또 결정적으로 말을 신성한 것으로 만든, 인쇄로 기록된 모음 발성의 변화라는 사건도 있었다. 그런데 어느 누구도 인간 발걸음이 지닌 영원한 상형 문자의 실마리를 풀려고 하지는 않았다!

이러한 생각에서, 아르키메데스를 상당히 베낀 스턴[138]을 모방하여, 나는 손가락 마디를 꺾어 뚝뚝 소리를 냈다. 나는 모자를 허공에 던지며 소리를 질렀다.

"유레카!(바로 이거다!)"

그러면 이 학문은 왜 망각이라는 명예를 얻게 됐을까? 이 학문도 다른 학문만큼이나 신중하고 심오하면서도 변덕스럽고 하찮지 않을까? 그렇다면 이 추론 깊은 곳에는 귀여운 난센스와 무력한 사탄들의 찌푸린 얼굴이 있지 않을까? 인간은 여기서 다른 곳에서처럼 고상하게 익살스러울 수 없을까? 또 인간은 멋모른 채 태연히 일을 저지르고, 자신의 걸음이 불러일으킨 상당한 문제에 대해 아무것도 모른 채 걷는 주르댕 씨가 아닐까?[139] 왜 인간의 발걸음은 궁지에 처했을까? 왜 사람들은 특히 유명인들의 발걸음에 관심을 두었

---

138 발자크는 여기서 다음과 같은 스턴의 『회고록』 한 구절을 암시하고 있다. "곧 빛이 나를 비추리라, 나는 손가락 마디를 꺾어 뚝뚝 소리를 냈고, 나 역시 편지를 쓸 것이며, 나는 철학자다!"

139 몰리에르의 희곡 「서민 귀족(Le Bourgeois gentilhomme)」 2막 4장에서 주인공 주르댕 씨는 철학자 주인에게 이렇게 말한다. "내가 아무것도 모른 채 40년이나 산문에 대해 말해 왔다니! 내게 그것을 알려 주었으니 당신에게 더없이 감사드립니다."

을까? 여기서 우리는 이 새로운 과학에 대해 알았든 몰랐든, 다른 것과 마찬가지로 행복할 수도 불행할 수도 있지 않을까?(너무나 부적절하게 상상이라고 불리는, 기(氣)의 개별적인 배합을 제외하고.)

19세기의 가엾은 인간이여! 당신은 여러 종의 인간들 가운데 보잘것없는 존재인 퀴비에[140]의 확신에서, 혹은 노디에가 이야기한 진보적인 존재로부터 결국 어떤 기쁨을 찾았는가? 가장 높은 산 위에서 바다의 흔적을 확인하며 어떤 기쁨을 찾았는가?[141] 모든 아시아 종교의 근원을 파괴한 부인할 수 없는 인식에서, 허셜[142]의 기구를 통해 태양의 열기와 빛을 부정하는 과거에 존재했던 모든 것의 행복에서 어떤 기쁨을 찾아냈는가?[143] 당신은 40년 동안의 혁명이 만든 피바다에서 어떤 정치적 평화를 찾아냈는가?[144] 가엾은 인간이여! 당신은 마르키즈[145]와 야식, 아카데미 프랑세즈[146]를 잃어버렸다. 당

---

140 조르주 퀴비에에 따르면 종(種)은 항상 서로 구분되지만 모두가 동시에 지구상에 나타나지는 않았으며 어떤 종들은 자연 재해 때문에 사라졌다고 한다.

141 고지대나 높은 산 위에 있는 해양 화석의 존재를 말한다. 대륙이 이동하여 해저였던 곳이 고지대가 되었다는 설명은 18세기에 이르러서야 가능했다.

142 윌리엄 허셜(William Herschel, 1738~1822)은 독일 출생의 영국 천문학자이다. 그는 1789년 거대한 망원경을 제작하여 천체 관측을 시도했는데 발자크는 그것을 기구라고 불렀다. 그는 적외선을 발견하기도 했다.

143 천문학자 허셜은 태양의 흑점을 관찰한 뒤 태양에 생명체가 존재한다고 주장했다.

144 발자크는 1833년에 이 글을 쓰면서 1789년의 프랑스 혁명이 만들어 낸 정치적 불안정이 1830년 7월 혁명에까지 이어졌다고 생각했다.

145 과자의 일종이다.

146 프랑스어를 표준화하고 다듬기 위해 1635년에 설립된 아카데미 프랑세즈는 1793년에 일시적으로 폐지되었다.

신은 더 이상 하인들을 때릴 수 없게 되었고, 급기야 콜레라에 걸리고 말았다.[147] 로시니, 탈리오니[148], 파가니니 없이는 더 이상 즐거울 수 없을 것이다.[149] 당신은 자신의 새 관습을 냉철하게 살피지도 못하면서 로시니의 손을, 탈리오니의 다리를, 파가니니의 활을 자르려 한다. 40년간의 혁명 후에 베르트랑 바레르[150]는 최근 다음과 같은 정치적 격언을 발표했다.

"생각을 전하려고 춤추는 여인을 방해하지 마시오!"[151]

이 금언은 내게서 도용한 것이다. 그것은 본질적으로 내 이론의 명제에 속해 있지 않은가? 여러분은 그런 평범한 과학에 왜 이토록 많은 과장이 필요하고, 발걸음을 옮기는 기술에 대해 그토록 요란하게 떠벌리는지 물을 터다. 그렇다면 당신은 모든 것의 존엄성이 늘 유용성에 반비례한다는 사실을 알지 못하는가?

그러니까 이 과학은 나의 것이다! 처음으로 나는, 아메리카 대륙에 발을 디디면서 "이곳은 에스파냐 왕의 것이다!"라고 외친 피사로[152]처럼 깃발을 꽂았다. 그렇지만 그가 의사들에게 (새로운 질병을) 알려 주었음을 덧붙여야 할 것이다.[153]

---

147 1832년 3월, 파리에 콜레라가 창궐했다.

148 무용가 마리 탈리오니(Marie Taglioni, 1804~1884)를 말한다.

149 발자크는 로시니를 동시대에서 가장 위대한 작곡가라고 칭송했으며, 파가니니를 찬양했다.

150 베르트랑 바레르 드 비외작(Bertrand Barère de Vieuzac, 1755~1841)은 혁명기의 웅변가로, 1789년 입법 의회의 의원이었다.

151 피타고라스가 한 말로 추정된다. 그는 음악과 수학을 관련지어 화성의 법칙을 연구했다.

152 프란시스코 피사로(Francisco Pizarro, 1475~1541)는 에스파냐의 정복자로, 잉카 제국을 정복하였다.

그럼에도 나 이전에, 라바터[154]가 인간에게서 모든 것은 동일하게 나타나므로 인간의 발걸음 또한 얼굴과 마찬가지로 최소한의 표현력만 지녔노라고 분명히 말한 적이 있다. 발걸음은 신체의 외적 특징이다. 하지만 이것은 "우리의 모든 것은 내적 원인과 관계가 있다."라는, 그의 첫 번째 주장에서 나온 자연스러운 추론이었다. 그는 인간 사고의 특징적인 표시와 관련 있는 견해들을, 명료한 과학 기술의 방대한 흐름에 사로잡혀서 '발걸음의 이론'으로는 발전시키지 못했다. 그 이론은, 훌륭하지만 매우 장황한 그의 작품에서 큰 자리를 차지하지 못했다. 따라서 생명력의 일부를 개인적이고 사회적이며 국가적인 삶 전체와 연결하는 시도와 마찬가지로, 그 분야의 당면 과제들을 철저히 검토해 볼 필요가 있다.

......여신이 나타났다,
그녀의 발걸음으로......[155]

현학적인 태도를 보인다고 비난받을까 봐 인용하고 싶지 않은 호메로스의 시와, 한편으로는 그것과 유사한 베르길리우스의 시 한 구절은, 고대인들이 발걸음에 부여한 중요성을 증명하는 두 가지 증거이다. 하지만 데모스테네스[156]가 관

---

153 당시 사람들은 식민지 정복자들이 아메리카 대륙에서 유럽으로 매독을 옮겨 왔다고 생각했다.

154 요한 카스파 라바터(Johan Caspar Lavater, 1740~1801)는 발자크가 가장 중요하게 여겼던 학문인 관상학의 이론가들 중 가장 유명한 인물이다.

155 로마의 시인 베르길리우스의 서사시 「아이네이스」 1편, 405행.

156 데모스테네스(Demosthenes, 기원전 384~기원전 322)는 고대 그리스의 웅변

례와 예의범절에 맞지 않은 발걸음을 오만한 말투와 비교하면서 '아무렇게나' 걷는다고 니코블레를 비난했다는 점을,[157] 강제로 그리스어를 배운 불쌍한 우리들 중 모르는 사람이 있을까?

라브뤼예르[158]는 그 주제에 관해 몇몇 흥미로운 구절을 썼다. 하지만 그 구절들은, 전혀 과학적이지 않은 기교 속에서 무수히 많은 사실 중 하나를 드러내 보였을 따름이다.

"몇몇 여성들에게는 시선의 움직임과 표정, 걷는 방식 등과 관련된 인위적인 고귀함이 있다."[159]

이어서 과거를 올바르게 평가하려는 나의 관심을 확인하려면, 참고 문헌을 찾아보고 자료 목록과 도서관의 필사본 들을 탐독하기 바란다. 최근에 긁어 지운 팔랭프세스트[160]가 없는 한 말이다. 아마 여러분은 학문 그 자체에 대한 무심한 발췌본 말고는 아무것도 발견하지 못하리라. 춤과 몸짓에 관한 개론도 많이 있고, 보렐리[161]가 쓴 『동물의 운동에 관하여(De motu animalium)』도 있다. 또한 우리의 가장 중요한 행동에 대

가이자 정치가이다.

157 "더구나 니코블레(Nicobule)는 그 자체로서 가증스럽다. 그는 성큼성큼 걷는다. 그는 언성이 높다……." 『데모스테네스 전집』(파리: 베르디에, 1821) 9권, 263쪽.

158 장 드 라브뤼예르(Jean de La Bruyère, 1645~1696)는 프랑스의 모럴리스트로 당대의 풍속과 성격을 묘사한 『성격론 혹은 시대의 풍속(Les Caractères ou les Mœurs de ce siècle)』(1688)을 썼다.

159 라브뤼예르, 『성격론 혹은 시대의 풍속』 3권, 「여성들에 대하여」.

160 팔랭프세스트(palimpseste)는 본래 있던 글자를 지우고 다시 글자를 써 넣은 양피지를 말한다.

161 조반니 보렐리(Giovanni Alfonso Borelli, 1608~1679)는 이탈리아의 수학자이자 물리학자로 『동물의 운동에 관하여』를 썼다.

해 과학이 침묵한 데에 당황한 의사들이 최근에 쓴 특집 논문들도 있다. 하지만 그들은 보렐리와 마찬가지로 원인을 찾기보다는 결과를 더 확인했다. 그 분야의 신이 아닌 이상 보렐리로 돌아가지 않기는 정말 어렵다. 따라서 생리적인 것, 심리적인 것, 초월적인 것, 아리스토텔레스학파 방식의 철학적인 것은 전혀 없다, 전혀! 그래서 내가 말하고 썼던 모든 것을 심하게 손상된 자패(紫貝)[162]로 여길 테고, 새로운 모든 것이 그러하듯이 아주 독창적이고 멋진 이 이론은 금으로 만든 지구를 준다고 해도 팔지 않을 것이다. 새로운 착상은 세상 이상의 것이다. 그것은 하나의 세계를 알려 준다. 새로운 착상 말이다! 화가와 음악가, 시인에게는 얼마나 풍요로운 것인가!

나의 서문은 여기까지이다. 이제 시작하겠다.

생각은 세 시기에 걸쳐 나타난다. 만약 당신이 개념의 정력적인 열의 속에서 생각을 표현한다면, 당신은 제법 행복할 테지만 핀다로스[163]처럼 영감을 재빠르게 불러일으키고 말리라. 다게르[164]는 완전히 단테적인 영감에서, 세인트헬레나섬을 놀라운 작품으로 만들고자 20일 동안 틀어박혀 있었다.

만약 당신이 정신적 세대의 첫 번째 행복을 알아차리지 못하거나 깨어난 지성의 완전한 절정을 취하지 않은 채 내버

---

162 몇몇 나라에서 화폐로 사용되었던 작은 조개를 말한다.

163 핀다로스(Pindaros, 기원전 518~기원전 438)는 서사시와 서정시의 주요 특징들을 웅장하고 조화롭게 결합시켜 독창적인 운율로 표현했던 고대 그리스의 시인이다.

164 루이 다게르(Louis Daguerre, 1787~1851)는 프랑스의 화가이자 발명가로, 사진을 연구하여 세계 최초의 상업용 카메라로 평가되는 다게레오타입 카메라를 만들었다.

려 둔다면 ― 그동안 (새로운 이론을) 창출하는 데서 오는 불안은, 정신의 과도한 흥분과 기쁨 속에서 사라지고 만다. ― 당신은 혼란스러운 난관에 돌연 빠져들리라. 모든 것은 작아지고 또 무너진다. 당신은 싫증이 난다. 주제는 약해지고 당신생각 때문에 스스로 지친다. 당신이 주제를 다루기 위해 최근까지 가지고 있던 루이 14세의 채찍[165]은 이상한 인간들 손에 넘어갔다. 바로 당신의 생각이 당신을 상심하게 하고 당신을 지겹게 하고, 당신에게 저항하는, 귓가를 스치는 소리를 내며 당신을 학대할 것이다. 자신의 주제보다 애정이 깊거나 질투심 강한 애인을 버리듯이, 정작 착상은 접어 둔 채 산책을 하고 한가로이 대로를 거닐고 지팡이 값을 흥정하고 낡은 궤를 사는, 헤아릴 수 없는 일시적 열정에 사로잡힌 시인, 화가, 음악가도 있는 법이다.

생각의 마지막 시기가 찾아왔다. 그 생각은 당신의 마음 속에 뿌리를 내리고 그곳에서 무르익는다. 그런 다음 어느 날 저녁 혹은 아침, 시인이 머플러를 벗을 때, 화가가 계속 하품을 할 때, 음악가가 감미로운 룰라드[166]를 생각할 때, 사람들이 잠을 자거나 잠에서 깨어나 관심을 두는, 어떤 미지의 것이나 여성의 작은 발을 떠올리며 램프의 불을 불어 끌 때, 그들은 무성한 나뭇잎과 개화의 온갖 축복 속에서 저마다의 생각을 발견하고, 심술궂고 풍부하고 사치스럽고 기막히게 아름다운 여인처럼 아름다운 생각을 발견한다. 결점 없는 말처럼

---

165 젊은 루이 14세가 손에 채찍을 들고 파리 의회에 나타나서 왕의 칙령이 무효화되는 것을 막으려 했던 사건을 암시하는 듯싶다.
166 두 음 사이의 빠르고 연속적인 장식음을 말한다.

아름다운 여인 말이다! 이때 화가는 자신의 털 이불을 ─ 만약 그것을 가지고 있다면 ─ 걷어찬다. 그리고 소리친다.

"이제 끝이다! 그림을 그릴 거야!"

시인은 한 가지 생각밖에 하지 않는다. 그는 머릿속으로 작품만을 생각한다.

"빌어먹을 시대!" 그는 방에 장화 한 짝을 던지며 말한다.

그것이 우리 생각에서 나온 '발걸음의 이론'이다.

나는 뒤부아와 메그리에[167]의 이론을 참고한 병리학 프로그램의 야심을 증명하는 대신, '발걸음의 이론'이 나에게 생각에 대한 사랑이라는, 근본적인 이해에서 비롯하는 온갖 즐거움을 아낌없이 주었다는 사실을 고백하는 바다. 그러고는 가르치는 데 고생스럽고, 나쁜 짓만 궁리하는 응석받이 아이와 같은 온갖 짜증도 생겨났다.

누군가 우연히 보물을 발견하면 그는 어떤 우연으로 그것을 발견했는지 생각해 보리라. 그래서 나는 '발걸음의 이론'을 어디서 발견했고, 나를 포함한 모두가 왜 여태껏 그것을 발견하지 못했는지 생각해 보았다.

어떤 사람은 문을 여닫는 행동을 지나치게 고심한 나머지 미쳐 버렸다. 그는 너무도 다양한 사람들이 나눈 논쟁의 결과를 두 가지 경우에서, 완전히 똑같은 각각의 논리들과 비교하기 시작했다. 그의 오두막 옆에는 달걀이 먼저인지 닭이 먼저인지 알아내려고 애쓰는 또 다른 바보가 있었다. 한 사람은 문

---

167 앙투안 뒤부아(Antoine Dubois, 1756~1837)와 자크피에르 메그리에 (Jacques-Pierre Maygrier, 1771~1835)는 모두 유명한 의사이다. 메그리에는 뒤부아의 제자이다.

에서, 또 다른 사람은 닭에서 출발하여 신에게 질문을 던졌으나 소용이 없었다.

바보는 구덩이를 보고도 그곳에 빠지는 사람이다. 학자는 그가 떨어지는 소리를 듣고, 그 깊이와 거리를 측정한 뒤 계단을 만들어 내려갔다가 다시 올라와서 만족한다. 그러기 전에 그는 이렇게 말한다. "이 구덩이는 깊이가 1802피트이고 바닥의 온도는 바깥 기온보다 2도 더 따뜻하다." 학자는 가족과 함께 살고, 바보는 자신의 오두막에 산다. 그들은 모두 죽는다. 바보와 학자 중 누가 더 진실에 가까운지는 아무도 모른다. 엠페도클레스[168]는 이 모든 것을 섭렵했던 최초의 학자였다.

우리 움직임 중 단 한 번만 이루어지는 움직임은 없고, 깊은 구덩이에 빠질 때 우리 동작은 단 한 번의 움직임으로 그치지 않는다. 단 한 번뿐인 움직임은 없다. 가장 현명한 사람도 이성을 잃고, 학자에게 무한대의 깊이를 헤아려 볼 기회조차 주지 않는 구덩이 속에서는 말이다. 가장 보잘것없는 잡초에도 무한한 것이 깃들어 있다.

나는 학자의 엄밀함과 바보의 미망(迷妄) 사이에 머무를 것이다. 나는 내 책을 읽으려는 사람에게 그 점을 충실하게 알려야 한다. 결코 만날 수 없는 두 개의 선 사이에 있으려면 집요함이 필요하다. 이 '이론'은 두려움 없이 광기를 상대하고, 겁 없이 과학을 상대할 정도로 대담한 사람만이 만들 수 있다.

그리고 나는, 귀납적 추론으로 수수께끼 같은 농담을 하

---

168 엠페도클레스(Empedocles, 기원전 490~기원전 430)는 기원전 5세기 그리스의 철학자이자 시인, 의학자이다. 만물은 물, 공기, 불, 흙으로 이루어져 있다고 주장했다. 그는 실험을 위해 에트나 화산 분화구에 직접 뛰어들어서 죽었다고 전해진다.

게 한, 첫 행동의 비속함을 미리 인정해야만 한다. 학자들이 측정하고자 하고, 바보들이 넘쳐 나는 깊은 구덩이들로 뒤덮인 땅을 아는 사람만이 명백하게 어리석은 내 견해를 용서하리라. 나는 떨어지는 나뭇잎에서 지혜를, 피어오르는 연기에서 대단한 문제들을 찾아내며, 빛의 진동에서 이론을 발견하고 대리석에서 생각을, 부동 상태에서 가장 극심한 움직임을 찾는 데 익숙한 사람들에게 말한다. 나는 과학이 비이성과 관련하는 바로 그 지점에 있고, 이를 변호할 수 없었다. 계속해 보라.

1830년에 나는 여인들이 다른 곳에서보다 천천히 나이 드는 매력적인 지방, 투렌[169]에서 파리로 돌아왔다. 나는 노트르담 데 빅투아르 거리의 운송 취급소 큰 안마당 한가운데에서 마차를 기다리고 있었다. 하찮은 것에 대해 쓰거나 불멸의 발견을 하는 것 가운데 하나를 택할 처지에 놓이리라고는 짐작조차 못 한 채 말이다. 화류계 여자들만큼 변덕스러운 사람은 없다. 그녀들은 좁은 길가에서 더없이 대담하게 침구를 정리하고, 길가 한 구석에서 잠을 자고, 제비처럼 창가의 돌출 장식에 거처를 만들 뿐 아니라 사랑의 신이 화살을 날리기도 전에 어떤 대단한 인물을 떠올리고 품고 길러 내니 말이다. 파팽[170]은 냄비에서 나온 증기로 종이가 나부끼는 모습을 보면서 산업계를 변화시킬 때, 그 기포 속에도 결정이 있는지 들여다보았을 것이다. 푸스트[171]는 말을 타기 전 땅에 난 말의 발자

---

169 투렌(Touraine)은 프랑스 북서부의 옛 주이며 주도는 투르이다.

170 드니 파팽(Denis Papin, 1647~1712)은 프랑스의 물리학자로 증기 기관을 발명했다.

171 요한 푸스트(Johann Fust, 1400~1466)는 독일의 인쇄업자로, 구텐베르크와

국을 보고 인쇄술을 발견했다. 어리석은 자들은, 우연이 결코 바보들에게 찾아오지 않는다는 사실을 생각하지 못한 채 그런 순간적 깨달음을 우연이라고 부른다.

나는 모든 움직임이 한눈에 들어오는 그 안마당 한가운데에서 온갖 장면들을 무심하게 바라보았다. 그때 한 여행자가, 물에 뛰어드는 겁에 질린 개구리처럼 역마차 뒤 칸에서 떨어졌다. 그 남자는 넘어지지 않으려고 마차 가까이에 있는 사무실 벽으로 손을 뻗어 살짝 기대야만 했다. 나는 그 광경을 보고 그가 왜 그랬을까 생각했다. 물론 학자는 이렇게 대답하리라. "무게 중심을 잃지 않으려고 했기 때문이죠." 그런데 왜 그 사람은 중심을 잃을 특권을 재빨리 피했는가? 지적 능력이 뛰어난 사람이 땅바닥에 넘어져 있으면 어떤 이유에서든 더할 나위 없이 우스꽝스러우리라. 그래서 서민들은 누군가 말에서 떨어지는 모습을 재미있어 한다.

그 사람은 평범한 노동자이자 도시 변두리의 유쾌한 주민이며 만돌린도 헤어네트도 없는 일종의 피가로 같은 인물로, 모든 사람들이 불평하는 순간 역마차에서 빠져나온 쾌활한 인물이다. 그는 역마차의 도착을 지켜보는 한가로운 사람들 사이에서 친구 중 한 사람을 보았다고 생각하고, 앞으로 가서 어깨를 툭 쳤다. 여러분이 사랑하는 사람들을 떠올리는 동안 "뭐 해?"라고 말하며 엉덩이를 때리는, 매너 없는 시골 신사들처럼 말이다.

이 상황에서 인간과 신 사이에 비밀로 남은 하나의 방법을 통해 여행자의 친구는 한두 걸음 나아갔다. 내가 앞서 언

함께 활동했다.

급한 도시 변두리 주민은 손을 앞으로 내민 채 넘어지면서 벽에 기대었다. 하지만 키가 닿는 높이의 벽 사이를 완전히 지나치면서 — 나는 90도로 어긋났다고 과학적으로 표현하리라. — 자기 손에 무게가 쏠린 노동자의 몸은 반으로 접혔다. 그는 화가 나서라기보다는 예기치 못한 수고 탓에 얼굴이 붓고 붉어진 채 다시 일어섰다.

학자 두 명이 머리를 맞대도 포기할 만한, 누구도 생각하지 못한 현상이다.

나는 이 돌발 사건에서, 대단히 놀랍지만 결코 원인을 찾지 못한, 너무도 통속적인 또 다른 사실을 기억해 냈다. 그 사실은 내게 강한 인상을 남긴 한 가지 생각을 확증해 줄 것이다. 아무것도 아닌 것의 과학이 '발걸음의 이론'에 빚을 지고 있다는 생각 말이다.

이 추억은 즐거우면서도 하찮은 일에 빠져 있던, 내 청춘의 행복한 시절을 환기한다. 그 시절 모든 여인들은, '폴'이 그러했던 것처럼 우리가 미덕을 지켜 가며 사랑했던 '비르지니'들이다.[172] 우리는 베르나르댕 드 생피에르의 작품에서처럼 훗날 환상에 빠진 수많은 난파선들을 발견하게 될 테지만 단지 시신 한 구를 해변 위로 데려갈 뿐이리라.

당시 내가 누이에게 느꼈던 정숙하고 순수한 감정은 다른 무엇에도 방해받지 않았고, 우리 둘은 즐거운 생활을 했

---

172 베르나르댕 드 생피에르(Bernardin de Saint-Pierre, 1737~1814)의 소설 『폴과 비르지니』의 등장인물들을 말한다. 두 사람은 어린 시절 인도양의 섬에서 남매처럼 자라다가 서로 사랑하게 되는데, 비르지니는 잠시 섬을 떠났다가 돌아오는 길에 폭풍우로 목숨을 잃는다. 발자크는 이 작품을 "프랑스어로 쓰인 가장 감동적인 작품 중 하나"라고 평가했다.

다. 그녀는 실과 바늘, 특히 수를 놓고 금실, 은실로 직물을 짜고 봉제를 하며 꽃 모양 장식을 하는 젊은 아가씨에게 필요한 온갖 자질구레한 도구들을 바느질 상자에 보관했고, 나는 100수[173]짜리 주화로 3~400프랑을 거기에 넣어 두었다. 그녀는 아무것도 모른 채 언제나처럼 무척이나 가벼울 바느질 상자를 들려고 했다. 하지만 그녀는 그것을 한번에 들 수 없었고, 다시 힘을 써서 상자를 들어 올리려 했으나 여의치 않았다. 그녀가 그 상자를 열려고 얼마나 서둘렀던가! 그녀는 왜 상자가 돌연 무거워졌는지 알고 싶어 했다. 내 행동에는 비밀이 숨어 있었으므로, 그녀에게 그 비밀을 털어놓아야 했음은 두말할 필요도 없다. 그런데 본의 아니게 나는 그녀에게 비밀을 알리지 않고 돈을 다시 가져갔다. 두 시간 후에 다시 상자를 든 그녀는, 이번엔 거의 머리 위까지 들어 올렸다. 그 동작은 완전히 천진난만하여 웃음을 자아냈고, 바로 그 기분 좋은 웃음 때문에 생태학적 광경이 기억에 각인될 정도였다.

너무나 다르지만 같은 이유에서 나온 두 가지 사실을 비교하면서, 나는 난처한 상황에 빠졌다. 자기 집 문에 대해 지나치게 깊이 생각한, 어느 미친 철학자의 난감한 상황에 비길 만했다.

나는 호기심 많은 아가씨가 길어 가는 샘물 가득 찬 항아리와 여행자를 비교할 것이다. 그녀는 창문을 바라보는 데 정신이 팔려 있다가 행인과 부딪쳐 옆으로 물을 쏟고 말았다. 내가 보기에 이 모호한 비교는, 한 사람이 헛되이 쓴 생명 유지

---

173 1수(sou)는 5상팀에 해당하는 동전이다.

에 필수적인 기(氣)의 소모를 대략적으로 표현한다. 그로 말미암아 지성의 어둠 속에서 완연히 환상적인 존재가 내게 던졌던 수많은 질문이, 이미 구상했던 '발걸음의 이론'에 의해 튀어나왔다. 인간 본성에 대한 일상의 수많은 작은 현상들이 내 최초의 성찰과 함께 막 떠올랐고, 길거리에서 과즙을 빨아먹다가 사람 발자국 소리에 놀라 날아가는 파리 떼처럼, 내 기억 속으로 마구 밀어닥쳤다.

지적인 시각의 기이한 힘에 힘입어 지금 이렇게 불현듯이 생각이 난다.

가엾은 아이들, 나와 내 동료들, 우리 모두가, 너무나 오랫동안 여전히 연구하고 있는 모든 사람들과 마찬가지로, 손가락에서 나는 툭 하는 소리, 엎드려 있다가 근육을 펴는 자세 따위를 밖으로 드러낸다. 그 사람이 작업실에 있는 화가이든, 명상에 잠긴 시인이든, 안락의자에 파묻힌 부인이든 간에 말이다.

큰 행복에 휩싸여 그들 혹은 그녀들은, 저물어 가는 태양의 회전처럼 돌연히 빠른 걸음을 멈추리라.

평생 동안 마리 드 클레브[174]를 사랑했던 앙리 3세는, 그녀가 옷을 갈아입는 작은 방에 들어가려고 카트린 드 메디시스가 주최한 무도회에서 과격하게 움직이며 내뱉은 한숨에 대해 생각한다. 설명할 수 없는 움직임에 의해, 아마도 공허한 힘을 발휘하기 위해 어떤 사람들이 내지르는 강렬한 외침 말이다.

---

174 마리 드 클레브(Marie de Clèves, 1553~1574)는 콩데 공의 아내로, 앙주 공작 시대에 미래의 앙리 3세의 사랑을 받았다.

특히 즐거운 순간에, 무엇이건 때려 부수고 싶은 갑작스러운 욕구에 사로잡힐 때가 있는데, 오드리[175]는 그런 욕구 때문에 「시골의 아인하르트」[177]에서 제철공 역할을 대단히 천진하고 멋지게 해냈다. 그때 그는 몹시 웃어 대며 "어서 가 버려. 그러지 않으며 널 죽일 거야."라고 말하면서 친구인 베르네를 때렸다.

여러 번의 관찰로 나의 정신은 맑아졌지만 이해력을 너무 소모한 나머지 앙페르 씨[177]만큼 정신이 멍해져서, 명료하고 생동감 넘치는 '발걸음의 이론'에 빠진 채 집으로 돌아왔다. 나는 이 과학이 무엇인지 말할 수 없으나 찬미하려 하고, 바다를 보는 뱃사람처럼 이 과학 속에서 헤엄치려 하면서 손바닥으로 간신히 물 한 방울을 잡을 수 있을 따름이었다.

나의 활발한 사고는 유아기의 혜택을 받았다.

나는 우리에게 과학의 모든 공식보다 더 많은 깨달음을 가져다준 직관의 도움만으로, 증거나 평판도 신경 쓰지 않은 채, 한 사람이 자신의 움직임을 통해 자기 밖으로, 그 활동 범위 속으로 어떤 결과를 초래할 수 있는, 상당한 힘을 발휘할 수 있다고 판단했다.

그 단순한 방식에서 얼마나 많은 빛이 방출되는가! 인간

---

175 자크 샤를 오드리(Jacques Charles Odry, 1779~1853)는 프랑스 베르사유 출신의 희극 배우로 바리에테 극장에서 활동했다.

176 「시골의 아인하르트(L'Eginhard de campagne)」는 멜레스빌과 카르무슈가 1823년 12월 26일, 바리에테 극장에서 제작한 연극이다.

177 앙드레마리 앙페르(André-Marie Ampère, 1775~1836)는 프랑스의 수학자이자 물리학자로 에콜폴리테크니크의 교수였다. 백과사전 집필자인 피에르 라루스는 사전을 집필하면서 앙페르의 유명한 부주의와 방심에 대해 언급하였다.

에게는 스스로 생각할 수 없는 이 지속적인 행위를 지배할 능력이 있을까? 먹물을 쏘고 사라지는 오징어처럼, 인간은 자기도 모르는 사이에 사용하는 '보이지 않는 기'를 절약하고 축적할 수 있을까? 프랑스에서 메스머[178]는 경험론자로 불렸는데, 그는 옳았을까 틀렸을까?

따라서 나는 '움직임'이 인간의 가장 순수한 행위인 '생각'과 생각의 표현인 '말씀'을 포함한다고 생각한다. 또한 여기에는 '말씀'이 상당히 열정적으로 실현된, 발걸음과 몸짓도 포함된다. 촉각의 경이로움은 인간이 상당히 풍요로운 삶을 지배하고 표현하는 방식에서 나온다. 우리는 그 촉각에 대해 파가니니, 라파엘로, 미켈란젤로, 기타 연주자 웨르타,[179] 탈리오니, 리스트에게 빚지고 있는데, 이 예술가들 모두는 그들만이 아는 비밀스러운 움직임을 통해 자신들의 영혼을 전해주었다. 생각은 가장 갑작스럽게 움직이는 영혼의 '촉각'인데, 그런 생각이 목소리로 바뀌면서 웅변술의 기적과 성악의 경탄스러운 매력을 발산한다. 말은 마음과 머리의 발걸음이 아닐까?

발걸음은 신체적 움직임의 표현으로, '말씀'은 지적 움직임의 표현으로 간주되기 때문에, 우리 움직임을 거짓으로 나타내기란 불가능한 듯싶다. 이러한 점에서 '발걸음'에 관한 심오한 지식은 완전한 과학이 되었다.

---

178 프란츠안톤 메스머(Franz-Anton Mesmer, 1734~1815)는 독일의 의사인데, 최면술로 발전한 동물 자기(magnétisme)와 우주 유체(流體)에 관한 이론을 만들었다. 그는 몸속 유체의 잘못된 흐름 때문에 질병이 생긴다고 보았다.

179 트리니다드 웨르타(Trinidad Huerta, 1800~1874)는 스페인의 작곡가이자 기타 연주자이다.

여자 성악가가 룰라드 창법을 쓰며 정신에 의존하는 것과, 정력을 소비하는 다른 모든 행동을 해석하기 위해 우리는 어떤 대수학 공식을 찾아내야 하지 않을까? 학구적인 유럽에, 중요한 심리 문제들의 해답과, 정신적 계산법을 제시할 수 있음은 얼마나 영광스러운가.

「설레는 가슴(Tanti palpiti)」이라는 카바티나[180]는 주디타 파스타[181]의 삶에 속한다.

베스트리스[182]의 발은 그의 머리에 속할까?

1793년부터 1814년까지 이어진[183] 루이 18세의 소화 불량은 그의 통치 기간 내내 계속되었을까?

만약 나의 체계가 더 일찍이 존재했고, 사람들이 1814년과 1793년 사이에서 더 고른 균형을 찾았더라면, 루이 18세는 아마도 더 오래 통치했을 것이다.[184]

내 지식의 '혼돈 상태'를 두고, 내가 얼마나 많은 눈물을 흘렸는지 모른다. 그로부터 나는 단지 보잘것없는 콩트를 끌어냈을 뿐이고, 혼돈 상태는 거기에서 인체 생리학을 불러냈다. 나는 우리를 극단으로 내모는 법칙들을 연구하며, 신이 그

---

180 아리아보다 짧은 독창곡이며 짧고 선율적인 기악곡을 말한다.

181 주디타 파스타(Giuditta Pasta, 1797~1865)는 이탈리아의 소프라노 가수이며 로시니의 오페라 「탄크레디(Tancredi)」에서 주역을 맡았다. 카바티나 악곡인 「설레는 가슴」은 「탄크레디」의 대표곡이다.

182 오귀스트 베스트리스(Auguste Vestris, 1760~1842)는 프랑스의 무용수로 파리 오페라 극장에서 활동했다.

183 루이 18세는, 1793년 형 루이 16세가 처형당하고 그의 아들까지 죽자 왕위 계승권자를 자처했고, 1814년 나폴레옹의 실각으로 왕위에 올랐다.

184 달리 말해 왕정복고 시대(1814년)와 프랑스 대혁명(1793년, 루이 16세가 처형되었다.) 사이에 새로운 안정이 있었더라면 말이다.

힘의 중심을 우리 마음속 어느 곳에 두었는지 짐작할 수 있었다. 또한 그 능력이 각 피조물의 환경에 부여한 현상들을 밝힐 수 있었다.

신의 목소리를 가장 잘 들었던 수학자가 천부적인 분석적 재능으로 주장하였듯이, 지중해 해안에서 쏜 총알 하나가 중국 해안에서도 감지되는 움직임을 일으켰다면[185] — 만약 우리가 우리 밖으로 큰 힘을 발산한다면 말이다. — 우리는 주위 환경의 조건을 변화시켰거나, 제자리를 찾고자 하는 활력의 효과를 통해, 우리를 둘러싼 생물과 무생물에 필연적으로 영향을 미쳤을 것이다.

그렇다면 예술가가 오랫동안 자신을 꼼짝 못 하게 하던 고귀한 생각을 찾아낸 다음, 공중으로 던지는 까닭은 무엇일까? 목 관절로 섬세하면서도 강한 소리를 뚝뚝 내면서, 굳이 기다리고 싶지 않은 것을 헛되이 기다린 뒤 두 손을 흔들며 비틀어 꼬는 신경질적 인물이 발산한 에너지는 어디로 가는가?

항구에서 취기를 무릅쓰고 술통을 들어 올린 파리 중앙 시장의 인부는 결국 어떻게 죽었을까? 또한 파리 시립 병원 의사들로 하여금 근육이나 장기, 조직, 뇌에서조차 작은 상처 하나 발견하게 내버려 두지 않음으로써 그들의 과학적 기대를 꺾고 메스를 놓게 하고 호기심을 잃게 한 사람은 누구인가? 죽음의 이유를 알았던 뒤퓌트랑[186] 씨는 아마도 처음으로

---

185 여기서 뛰어난 분석 능력을 지닌 수학자는, 철학자 라이프니츠(Gottfried Wilhelm von Leibniz, 1646~1716)를 말한다. 이상의 내용은 라이프니츠가 『단자론(Monadologie)』(1714)에서 언급한 이론이다. 아주 작은 차이가 결과에서 큰 차이를 빚어낸다는 '나비 효과'와 유사한 개념이다.

186 기욤 뒤퓌트랑(Guillaume Dupuytren, 1777~1835)은 프랑스의 해부학자이

왜 사체에는 생명이 없는지 생각해 보았을 것이다. 빈 항아리 같다고 말이다.

그래서 나는 대리석을 자르느라 바쁜 사람은 태어날 때부터 짐승이 아니었지만, 바로 대리석을 자르기 때문에 짐승이라는 점을 확신하게 되었다. 시인이 머리를 쓰면서 삶을 보내듯이 그는 두 팔을 움직이면서 인생을 산다. 모든 움직임은 법칙을 가진다. 케플러,[187] 뉴턴, 라플라스,[188] 르장드르[189]는 모두 그런 명제 안에 자리한다. 그렇다면 과학은, 인체 구조의 여러 부분으로 제멋대로 생명력을 전하고, 또 그것을 인체 외부로 내던질 수도 있는 '움직임의 법칙'에 대해 왜 연구조차 하지 않았을까?

그래서 나는 자필 원고의 필적으로 저자들의 성격을 판단할 수 있다고 주장했던 이들이 진실로 뛰어난 사람이었음을 확신하게 되었다.

여기에서 나의 '발걸음의 이론'은 이 커다란 구덩이에서 내가 차지하는 작은 자리와 ── 19세기의 내 유명한 동료들은 거기서 각자 먹이를 얻었고, 나는 그 깊이를 보고 놀란 사람처럼 그곳에 위대한 생각을 남겨 두었다. ── 너무나 심한 부조화를 이룬다. 나는 생각의 두 번째 단계에 접어들었다.

자 외과 의사다. 그는 발자크의 「인간 희극」의 등장인물인 의사 데플랭의 모델이다.

187 요하네스 케플러(Johannes Kepler, 1571~1630)는 독일의 천문학자로 코페르니쿠스 이후 지동설을 주장하였다.

188 피에르 시몽 라플라스(Pierre Simon Laplace, 1749~1827)는 프랑스의 수학자이자 천문학자이다.

189 아드리앵마리 르장드르(Adrien-Marie Legendre, 1752~1833)는 프랑스의 수학자로 혜성의 궤적을 연구했다.

그렇지만 나는 그 큰 부조화에 이상하게 끌렸고, 그것을 주변에서 바라보는 동시에 잘 심겨서 아주 무성해진 어떤 생각들을 단단히 붙든 채로, 두려움에서 비롯된 온갖 기쁨을 종종 맛보았다. 그래서 나는 엄청난 작업을 시작했다. 나의 고상한 친구 외젠 쉬의 표현에 따르면, 그 작업은 내가 눈비와 바람 속에서도, 신문 잡지가 마구 퍼부어 대는 모욕적인 공격과 모함에도 밤낮으로 무사태평하게 지내는 습관보다 그리 익숙하지 않은 일이었다.

학자라는 숙명을 짊어진 모든 불쌍한 사람들처럼 나는 순수한 기쁨을 계산했다. 연구의 첫 성과였기 때문에 가장 훌륭했고, 가장 훌륭했기 때문에 가장 기만적이었다. 결국 나는 파리 천문대의 사바리[190]를 통해 이탈리아 사람 보렐리가 이미 『동물의 운동에 관하여』라는 대작을 썼다는 사실을 알게 되었다.

강변 서점에서 보렐리의 책을 발견하고 얼마나 기뻤는지, 사절판 책을 겨드랑이에 끼고 가져오는 데도 얼마나 가벼웠는지 모른다. 나는 열성적으로 책을 펼쳐 보았고, 서둘러 해석했다. 나는 그 상황을 여러분에게 말할 수 없을지도 모르겠다. 그 연구에는 애정이 있었다. 보렐리는 예언자 바룩이 라 퐁텐에게 주었을 법한 영향을 내게 끼쳤다.[191] 젊은이가 첫사랑에 속아 넘어가는 것처럼 나는 보렐리의 책에 쏟아진 파리 사람들의 질책도, 표지의 수상쩍은 냄새도 개의치 않았다. 심지어

---

190 펠릭스 사바리(Félix Savary, 1797~1841)는 프랑스의 천문학자이다.

191 프랑스의 시인이자 『우화시(Fables)』로 알려진 라 퐁텐(Jean de la Fontaine, 1621~1695)은 성경을 읽으면서 구약 시대의 예언자 바룩에게 열광하였다. 바룩은 뛰어난 학식과 믿음을 가진 인물로 기록되어 있다.

떨리는 손으로 써진, '앙가르의 장서에서(ex libris Angard)'[192]
라는 단어를 읽을 때는 질투심마저 느껴졌다.

제기랄! 나는 훗날 배은망덕한 첫사랑을 알아보고 고개
를 떨군 젊은이처럼, 보렐리의 책을 읽은 뒤에는 그것을 던지
며 저주했고, 결국 아무것도 말해 주지 않은 그 늙은이를 경멸
했다! 말피기[193]의 인내심을 타고난 이 이탈리아 학자는 우리
근육계에서 자연적으로 생성된 기관들의 힘을 실험하고 밝히
는 데 여러 해를 투자했다. 그는 근육들이 구성하는 실제 근력
의 내부 구조는, 우리가 들이는 노력의 두 배의 힘으로 배열되
어 있음을 명백하게 입증했다.

물론 그 이탈리아인은 인간이라는 이름의 변덕스러운 오
페라를 지휘하는 가장 솜씨 좋은 무대 장치 담당자였다. 그의
작업에서 힘과 균형의 움직임을 따라가 보고, 조물주가 어떤
용의주도함으로 인간에게 평행 능력을 주었는지 안다면, 우
리 스스로를 지칠 줄 모르고 줄을 타는 곡예사로 생각하지 않
을 수 없다. 그런데 나는 수단보다는 이유를 알고 싶었다. 원
인이 중요하지 않을까? 판단해 보기 바란다. 보렐리는 무게
중심 밖으로 밀려난 사람이 왜 넘어지는지 분명하게 말한다.
하지만 그는 인간이 다리에 '수축'이라는 믿을 수 없는 힘을

---

192 장서표(藏書票, ex libris)는 라틴어로 '책에서'라는 뜻으로, 자기 장서임을 표
시하여 책에 붙이는 표식을 말한다. 대개 상징적 형상을 본뜬 그림에 책 소장
자의 이름과 문장 등을 넣는다. 앙가르는 발자크의 소설 「사촌 누이 베트(La
Cousine Bette)」(1847)의 등장인물로 의사다. 발자크는 보렐리의 책을 처음 발
견했을 때 너무나 감탄한 나머지 세상 사람들의 부정적인 평가도 무시했으며,
질투심도 물리칠 만큼 그를 높게 평가했다.

193 마르첼로 말피기(Marcello Malpighi, 1628~1694)는 이탈리아의 생리학자로 현
미 해부학의 창시자이다.

쓰면서 신비한 활력을 발휘할 때면, 왜 때때로 넘어지지 않는지 말하지 않았다.

처음의 분노는 접어 두고, 나는 보렐리를 올바르게 평가했다. 우리는 '영역'의 지식에 대해 그에게 빚을 지고 있다. 달리 말하자면 우리가 무게 중심을 잃지 않고 움직일 수 있는 주변 공간에 대해서 말이다. 물론 발걸음의 품위는, 특히 그가 넘어지는 영역 너머, 균형을 잡는 방식에 달려 있을 것이다. 우리는 인간의 내적 추진력에 관한 흥미로운 연구에 대해서도 저 유명한 이탈리아인에게 빚을 지고 있다. 그는 운동의 기가 지나는 관(管)과, 사상가들과 생리학자들을 절망시킨 지각할 수 없는 의지를 계산했고, 그 힘을 측정했으며 그것의 움직임을 확인했다. 그는 희미한 어둠 속에서 더 멀리 보기 위해 자기 어깨를 짚고 오르려는 사람들에게, 우리의 의지가 만든 효과의 가치를 관대하게 부여했다. 근육 기관은 인간 행동의 결과와 균형을 이루지 못하고, 그 기관 내부의 힘보다도 더 크고 비교할 수 없는 위력에 이르게 하는 힘이 우리 안에 존재한다는 사실을 그는 보여 주었다.

그때부터 나는 훌륭한 재능에 몰입하여 지식을 쓸모없게 하지는 않았다고 확신하면서 보렐리와 결별했다. 최근에 나는 생명력에 관심을 둔 학자들에게 이끌렸다. 하지만 아아! 그 사람들은 모두 길이를 재고, 깊은 구덩이를 숫자로 나타내는 기하학자와 비슷했다. 반면에 나는 그 구덩이를 직접 보고 싶었고 그것의 모든 비밀을 알고 싶었다.

메아리를 들으려고 우물에 돌을 던지는 어린아이처럼, 나는 얼마나 많은 성찰을 그 구덩이 속으로 던졌던가! 푹신한 베개 위에서 해 질 녘 환상적인 빛을 발하는 구름을 쳐다보며 얼마나 많은 밤을 보냈던가! 떠오르는 영감을 막으려고 얼마나 많은 밤들을 헛되이 보냈던가! 가장 아름답고 가장 충만하고 가장 실망하기 어려운 삶은, 허근(虛根)에서 방정식의 답을 찾으려 애쓰는 놀랍도록 미친 사람의 삶이다.

나는 모든 것을 배웠지만 아무것도 알지 못했다. 나는 걸었다. 나와 같은 가슴, 목, 두개골을 가지지 못한 어떤 사람은 이러한 문제에 직면했을 때 다른 도리가 없어서 아마 이성을 잃었을 것이다. 다행스럽게도 내 사유의 두 번째 시기가 끝났다. 「모세」 1막에서 루비니와 탐부리니[194]의 이중창을 들으니 내 이론이 매력적이고 즐겁고 활기차고 멋져 보였고, 이에 만족하여 스스로에게 경의를 표했다. 지나치게 교태를 부린 데에 화가 난 채, 사랑하는 사람을 죽게 하지나 않을까 걱정하는 화류계 여자처럼 말이다.

나는 그 본질이 어떻든, 움직임이 사람 밖으로 만들어 낸 결과를 그저 확인하고 기록하고 분류하겠노라 결심했다. 분석을 마친 다음에는 움직임에 관한 대단히 이상적인 법칙을 연구하고, 자신의 좋은 생각과 품행, 습관을 자랑하려는 사람들을 위해 그 규칙을 작성할 것이다. 내 생각에 발걸음은 한 사람의 생각과 삶을 보여 주는 정확한 징후이기 때문이다.

그래서 나는 내일 낮 동안 그랑(Grand) 대로[195]의 의자에 앉아, 불행하게도 내 앞을 지나갈 모든 파리 사람들의 발걸음을 연구할 것이다.

---

194 조반니 바티스타 루비니(Giovanni Battista Rubini, 1794~1854)와 안토니오 탐부리니(Antonio Tamburini, 1800~1876)는 이탈리아의 성악가로, 로시니의 오페라 「모세(Mose In Egitto)」에서 이중창을 불렀다.

195 현재는 이탈리아 대로로 불리지만 왕정복고 시대에는 그랑 대로라고 불렸다.

그날 나는 한평생 가장 심오한 관찰을 이루어 냈다. 나는 채집해 온 수많은 식물들을 처음 만난 암소에게 줘야 하는 식물학자처럼 책임감을 가지고 돌아왔다. 내 생각에 『발걸음에 대하여』는 1700개의 조판(彫版)과 10~12권 분량의 책이 아니고서는, 고인인 된 바르텔르미[196]나 학자이자 친구인 파리조[197]를 두렵게 할 주석 없이는 출판되지 못할 것 같다.

방탕한 발걸음이 저지른 죄에서 무엇을 찾을 것인가?

아름다운 발걸음에 맞는 정확한 관찰에서 법칙을 찾을 것인가?

궁정의 신하, 야심가, 복수심 강한 사람, 배우, 화류계 여성, 본처, 첩자 들이 제 모습과 눈, 목소리를 속이는 것처럼 발걸음을 사실과 다르게 만들 수 있는 수단을 찾을 것인가?

고대인들이 과연 잘 걸었는지, 모든 민족 중 어떤 민족이 가장 잘 걷는지 연구할 것이다.

땅바닥이, 기후가 발걸음과 관련이 있는지 연구할 것이다.

우와! 메뚜기들이 뛰어오르듯 질문이 넘쳐 난다! 기막힌 주제다! 미식가가 댄스 호수산 생선이나, 셰르부르산 노랑촉수 혹은 앤드르산 퍼치[198]의 껍질을 벗기기 위해 생선 나이프를 잡는 것처럼, 혹은 미식가가 노루 안심살을 나이프로 자르는 것처럼, 또 그가 종종 숲에 동화되듯이 요리에 숙달되는 것

196 장 자크 바르텔르미(Jean Jacques Barthélemy, 1716~1795)는 프랑스의 성직 자이자 고전학자, 문학가이다. 당대의 베스트셀러 『4세기 그리스의 젊은 아나 카르시스의 여행(Voyage du jeune Anacharsis en Grèce dans le milieu du IVe siècle)』의 작가이기도 하다.

197 발랑탱 파리조(Valentin Parisot, 1805~1861)는 프랑스의 문인이다.

198 노랑촉수와 퍼치는 농어류의 물고기로, 지중해와 대서양에서 잡힌다.

처럼 말이다. 앞서 언급한 미식가는, 내가 나의 주제에서 느끼는 기쁨과 비교할 만한 환희를 느끼지 못할 터다. 지적 욕망은 가장 관능적이고 가장 거만하며 가장 공격적인 열정이다. 그것은 스스로 느낀 즐거움에 집착하는 자만심의 표현인 비평을 포함한다.

나는 『발걸음에 대하여』를 분별력 있는 모든 사람들에게 권하는, 매력적이면서 문학적이고 철학적이면서 순수한 진짜 이유를 예술에 기대어 설명하겠다. 나는 솔직한 성격이라서 효과적인 관찰로 나의 장황한 글을 용서받아야만 하고, 그 글을 책임질 수도 있다.

마르코 마르시[199]가 수집한 이야기 속 프라하 수도사 로이흘린(Reuchlin)은 대단히 섬세하고 숙련된 후각으로 처녀와 기혼 여성을 구분했고, 심지어는 아이 엄마와 불임 여성도 구별했다. 나는 그가 대단히 예민한 능력으로 얻은 결과물 사이에 한마디를 덧붙인다. 왜냐하면 그것들은 다른 모든 사람들에게 영감을 줄 만큼 흥미롭기 때문이다.

디드로의 훌륭한 문학[200]에 비길 만큼 재능 있는 — 여담이지만 밤중에 12시간 동안 쓴 것이다. — 맹인은 인간 목소리에 대해 대단히 깊은 지식을 가지고 있어서, 사람의 기질을 비교하고 평가할 때, 시각 대신 목소리의 음정을 사용했다.

---

199 요한 마르쿠스 마르시 폰 크론란트(Johann Marcus Marci von Kronland, 1591~1667)는 『운동 비례(De Proportione motus)』의 저자로, 마르코 마르시라고도 불린다.

200 드니 디드로(Denis Diderot, 1713~1784)의 『맹인에 관한 서한(Lettre sur les aveugles à l'usage de ceux qui voient)』(1749)을 말한다. 디드로는 이 책에서 시각 외에 다른 감각을 통해서도 세계를 효과적으로 인식할 수 있다고 말했다.

예민한 지각은 두 사람 모두에게 명민한 두뇌와 각별한 재능으로 나타났다. 나는 심리 분석의 몇몇 부분이 왜 충분히 연구되지 않았고, 왜 그것을 버려야 하는지 설명하기 위해 그들이 부여받은 대단히 예외적인 관찰 기술을 본보기로 삼을 것이다.

관찰자는 우선 의심의 여지가 없는 천재이다. 인간의 모든 발명품은 분석적 관찰에서 나오며, 그런 관찰 가운데서도 통찰을 통해 기지가 믿을 수 없을 만큼 빠르게 떠오른다. 최근에 작별한 갈, 라바터, 메스머, 퀴비에, 라그랑주,[201] 메랑스[202] 박사와 베르나르 팔리시,[203] 선구자 뷔퐁,[204] 우스터 후작,[205] 뉴턴, 끝으로 위대한 화가와 위대한 음악가는 모두 관찰자들이다. 이 모든 사람들은 다른 이들이 이유도 결과도 알지 못할 때, 결과에서 이유로 나아간다.

고지대까지 날아오르는 최고의 맹금류들은 이 세상 만물을 명확히 보는 재능으로 대상을 추상하는 동시에 종합하거나 특수화할 수 있고, 정확히 분석하고 통합할 수 있다. 말하

---

201 조제프 루이 라그랑주(Joseph Louis Lagrange, 1736~1813)는 이탈리아 피에 몬테 출신의 프랑스 수학자이자 천문학자이다.

202 피에르스타니슬라스 메랑스(Pierre-Stanislas Meyranx, 1790~1832)는 『앙 트로포그라피 혹은 인간 생체 구조의 요약(Anthropographie ou résumé d' Anatomie du Corps Humain)』(1827)의 저자이다.

203 베르나르 팔리시(Bernard Palissy, 1510~1590)는 프랑스의 도기 제조공, 에나 멜공이자 학자로서 자연사에 관심이 있었다.

204 조르즈 루이 르클레르, 뷔퐁 백작(Georges Louis Leclerc, comte de Buffon, 1707~1788)은 18세기의 가장 유명한 박물학자이다.

205 에드워드 서머싯 우스터(Edward Somerset Worcester, 1601~1667) 후작은 『발명의 세기(A Century of Inventions)』(1663)의 저자이다.

자면 순수하게 형이상학적인 임무를 지니고 있는 것이다. 그들은 자신이 지닌 재능의 힘과 기질 덕분에 스스로의 행동으로 고유의 기질을 재현하고야 만다. 그들은 과감하고 탁월한 비상과 진실에 대한 열렬한 추구를 통해 가장 명료한 방식으로 이끌려 간다. 그들은 세심한 사람들이 증명하고 설명하고 논평하는 법칙들을 관찰하고 판단하고 남겨 둔다.

인간에 관한 현상들을 관찰하는 능력과 가장 깊이 감추어진 인간 움직임을 파악하게 해 주는 기술, 특권을 가진 존재가 본의 아니게 의식을 통해 간파하게 되는 연구 등이 요구되며, 서로 상반되는 상당한 천재성과 가치의 종합을 필요로 한다. 동시에 뮈스헨브룩[206]과 스팔란차니[207]가 그랬던 것처럼 인내심도 필요하다. 오늘날 노빌리,[208] 마장디,[209] 플루랑스,[210] 뒤트로셰[211] 등이 그러듯이 말이다. 또한 여러 현상을 한데 추려 내는 통찰력과 그것들을 배열하는 논리, 추론하는 혜안, 다른 부분들을 관찰한 뒤에야 원의 한 지점을 발견해 내는 신중함, 단번에 다리에서 머리로 가는 신속함 등을 지니는 것 역시

---

206 피티르 판 뮈스헨브룩(Pieter van Musschenbroek, 1692~1761)은 네덜란드의 물리학자로 축전지를 발명했다. 발자크는 그를 『서른 살의 여인(La Femme de trente ans)』에서 언급했다.

207 라차로 스팔란차니(Lazzaro Spallanzani, 1729~1799)는 이탈리아의 박물학자이자 생물학자이다.

208 레오폴도 노빌리(Leopoldo Nobili, 1784~1835)는 이탈리아의 물리학자로 전류계와 열전류 배열기를 제작하였다.

209 프랑수아 마장디(François Magendie, 1783~1855)는 프랑스의 신경 생리학자로 신경 계통의 실험적 연구에 공적을 남겼다.

210 피에르 플루랑스(Pierre Flourens, 1794~1867)는 프랑스의 박물학자이자 생물학자로, 퀴비에의 제자이다.

211 앙리 뒤트로셰(Henri Dutrochet, 1776~1847)는 프랑스의 의사이자 박물학자이다.

필요하다.

자연 과학사에서 유명한 몇몇 최고의 영웅들이 지닌 다양한 재능은, 도덕성을 관찰하는 자에게는 훨씬 드물게 나타난다. 역사적인 장소를 비출 빛을 책임져야 하는 작가는 자신의 작품을 문학의 체제 안에 들여놓아야 하고, 가장 까다로운 학설도 흥미롭게 읽히도록 해야 하며, 과학을 말해야 한다. 따라서 작가는 형식과 시 그리고 이런저런 예술에 끊임없이 지배당한다. 위대한 작가이자 위대한 관찰자인 장자크와 경도국[212]처럼, 역시 그것은 융합될 수 없는 문제다.[213] 정확하고 물질적인 발견을 주재하는 천재성은 윤리적 관점만을 요구하지만 심리적 관찰력을 지닌 정신은 수도자의 후각과 맹인의 청각을 절대적으로 원한다. 절대적이고 뛰어난 감각과 완벽에 가까운 기억 없이 관찰은 가능하지 않다.

따라서 메스 없이 인간의 본성을 조사하고, 그것을 즉각 파악하는 관찰자들의 특별한 희소성은 별도로 두기로 하자. 종종 그런 종류의 연구에 꼭 필요한 정신의 현미경을 가지고 태어난 사람들은 자신의 생각을 잘 표현하지만 관찰력이 부족한 사람처럼 표현력은 부족하다. 몰리에르가 그랬듯이 본성을 표현할 수 있는 사람들은 단순한 일면을 있는 그대로 판별한다. 그러고 나서 그들은 동시대인들에게 달려들어서 지나치게 큰 목소리를 내는 사람 중 몇몇을 없애 버렸다. 모든 시대에는 그 시대의 비서 역할을 하는 천재가 있다. 호메로스,

---

212 1795년에 세워진 경도국(經度局)은 바다에서 경도를 측정하고 천체력(天體曆)을 만드는 아카데미로, 파리 천문대를 관할했다.

213 장자크 루소는 청년기에 측량 기사로 8개월 정도 일했는데, 그 일이 그의 기질과 맞지 않았음을 지적하는 것으로 보인다.

아리스토텔레스, 타키투스,[214] 셰익스피어, 아레티노,[215] 마키아벨리, 라블레, 베이컨, 몰리에르, 볼테르는 시대가 말해 주는 대로 펜을 들었다.

사교계에도 가장 능숙한 관찰자들이 있지만 그들은 게으르거나 명예에 관심이 없다. 매일 자정마다 살롱에 세 사람밖에 남지 않으면 그들은 학문을 자기 식으로, 농담거리로 삼기 때문에 죽은 것이나 다름없다. 그런 유형의 인물 중 한 사람인 제라르[216]는 위대한 화가가 아니었다면 가장 영적인 문학가였을 것이다. 그의 화필은 초상화를 그릴 때만큼이나 묘사를 할 때도 섬세하다.

결국 많은 경우, 교양 없는 사람들, 세상과 맞닿은 노동자들은 가련한 여자가 남편을 속이기 위해 남편을 관찰하듯 세상을 관찰해야 하는데, 그들은 놀라운 관찰력의 소유자들임에도 지적 세계에서 무언가를 발견하는 데 실패하고서 떠나가 버린다. 종종 미적 감각이 가장 뛰어난 여성조차 가족들과 잡담을 하다가 돌연 자기 발상의 깊이에 깜짝 놀라서 글을 쓰는 대신 남자들을 비웃고 경멸하며 이용한다.

그런 이유로 모든 심리적 주제 가운데 가장 어려운 주제가 다루어지지 않고 있다. 이 주제는 많은 지식과 어쩌면 수많은 자질구레한 요소를 필요로 했으리라.

---

214 푸블리우스 코르넬리우스 타키투스(Publius Cornelius Tacitus, 58~120)는 로마의 역사가이다.

215 피에트로 아레티노(Pietro Aretino, 1492~1556)는 이탈리아의 시인이자 풍자 문학가이다.

216 프랑수아 제라르(François Gérard, 1770~1837)는 제정 시대와 왕정복고 시대를 통틀어 가장 뛰어난 화가였다.

나는 우리 재능에 대한 믿음 그리고 무너진 신앙 중 우리에게 유일하게 남은 그 믿음과, 새로운 주제를 향한 첫사랑에 떠밀려서 열정에 투신하기로 했다. 그래서 나는 의자에 앉으러 온 것이다. 나는 행인들을 바라보았다. 하지만 나는 '열려라 참깨!'의 비밀을 알아내어 보물을 마음껏 향유하기 위해 숨겨진 보물을 찬양한 다음 황급히 달아났다.

왜냐하면 보는 것과 웃는 것은 중요하지 않기 때문이다. 그것들을 분석하고 추상하며 분류할 필요가 있을까?

발걸음의 규칙을 만들고 체계화해야 한다. 다시 말해 허약하고 게으른 지식인들의 활동을 중단시키기 위하여 일련의 명제를 작성하는 일이 필요하다. 그들이 심사숙고 끝에 움직임을 결정하는 수고를 덜어 주기 위해서 말이다. 이 규칙을 연구하다 보면 진보적인 사람들과 완벽한 체계에 집착하는 사람들이 사랑스럽고 매력적이고 뛰어나고 예의 바르고 우아하고 교양 있게, 마치 공·후·백작처럼 보일 수 있을 것이다. 필리프 왕의 석공들이나 제정 시대의 남작들처럼 통속적이고 어리석고 성가시고 현학자 같고 비열하게 보이는 대신 말이다.[217] '모든 것은 깃발을 위해'[218]가 명구(名句)인 나라에서 더 중요한 것은 없을까?

청렴한 신문 발행인, 열정적인 철학자, 덕이 높은 식료품 상점 주인, 매력적인 교수, 늙은 모슬린 상인, 유명한 제지업

---

217 '제정 시대의 남작'은 시대에 뒤떨어진 인물이라는 의미로 사용되었다. '필리프 왕의 석공'이 의미하는 바가 무엇인지는 불분명하다.

218 「모든 것은 깃발을 위해」라는 제목의 보드빌(가벼운 희극)은 1813년 바리에테 극장에서 상연되었다. 발자크는 '깃발'이라는 단어를 군사적(깃발)이고 상업적(간판)인 의미로 모호하게 사용했다.

자의 의식 깊은 곳을 들여다보는 일이 가능하다면 ─ 그들은 루이 필리프의 조롱 섞인 호의 덕분에 프랑스의 마지막 귀족원 의원이 되었다. ─ 그곳에서 '나는 정말이지 귀족처럼 보이고 싶습니다!'라고 쓰인 황금빛 소망을 발견하리라고 확신한다.

그들은 그 사실을 부정하고 부인하며 이렇게 말할 것이다. "나는 그런 일에는 관심이 없소! 나는 상관없소! 나는 신문 발행인이거나 철학자, 식료품상, 교수, 포목상 아니면 제지 상인이오!"

그들을 믿지 마라! 그들은 귀족원 의원이 되라고 강요받았다지만 귀족원 의원이 되고 싶어 했다. 하지만 그들이 침대에서, 탁자에서, 침실에서, '법령집'에서, 튀일리궁에서, 가족 초상에서는 귀족원 의원일지라도,[219] 대로 위를 지나갈 때는 귀족원 의원으로 보일 수 없다. 길 위에서 그 신사들은 예전처럼 다시 촌놈이 된다. 관찰자는 그들이 무엇이 될 수 있을지 찾아보지도 않는다. 반면에 라발 공작,[220] 라마르틴 씨,[221] 로앙 공작[222]이 거기로 산책하러 온다면 그들의 품성은 누구에게도 의심받지 않으리라. 나는 전자에게 후자를 따르라고 조언하지 않을 것이다.

---

219 루이 필리프 왕은 1831년 9월부터 튀일리궁에 머물렀다.

220 아드리앙 드 몽모랑시 라발(Adrien de Montmorency Laval, 1768~1837) 공작은 왕정복고 시대에 마드리드, 빈, 런던 주재 프랑스 대사였다. 그는 귀족원 의원이기도 했다.

221 시인 알퐁스 드 라마르틴(Alphonse de Lamartine, 1790~1869)은 소귀족 가문에 속했다.

222 페르낭 드 로앙샤보(Fernand de Rohan-Chabot, 1789~1869)는 귀족원 의원으로, 베리 공작의 부관이자 보르도 공작의 부하였다.

어떤 이기심도 범하지 말기를 나는 진심으로 바란다. 만약 내가 마지막 의원 중 한 사람에게 본의 아니게 상처를 주었다면, 이 중요한 이론의 훌륭한 계획을 납득시키기 위해 고위층에게 내 사례를 들려줄 수밖에 없음을 그들에게 지적하면서, 그 상처에 위안을 줄 수 있다고 생각한다. 나는 그들이 세습 귀족으로 즉위하는 데에 찬성하지 않지만, 첫 번째 사람은 신문을, 마지막 사람은 종이를 본래 가치보다 더 비싸게 팔 권리가 있음을 잘 알기 때문에 그들의 학문과 재능과 개인적 미덕, 상업적 정직성을 높이 평가한다.

사실 나는 그랑 대로에서의 관찰 덕분에 움직임에서 그토록 뚜렷한 색채를 발견하고는 깜짝 놀라 얼마 동안 어안이 벙벙한 상태로 있었다. 그래서 이 첫 번째 아포리즘이 나온 것이다.

I

발걸음은 신체의 표정이다.

통찰력 있는 관찰자가 움직이는 사람에게서 악덕, 회한, 질병을 발견할 수 있다는 생각은 엄청나지 않은가? 악의 없이 표현된 의지의 즉각적인 결과 속에는 얼마나 풍부한 언어가 있는가! 우리 팔다리 중 하나에는 어느 정도 예민한 성향이 있는데, 그것은 우리 의지와 다르게 전기가 오가는 방식에 익숙해져 있다. 그것들의 각도와 윤곽은 우리의 의지를 나타내며 어마어마한 의미를 지닌다. 그것들은 언어 이상의 것이며 움직이는 생각이다. 입술의 무의식적인 떨림 같은 가벼운 몸짓이 변하기 쉬운 두 가지 마음 사이에 오랫동안 감추어져 있던 드라마의 끔찍한 결말이 될 수도 있다. 여기에서 또 다른 아포리즘이 나온다.

II

시선, 목소리, 호흡, 발걸음은 동일하다. 하지만 인간에게는 동시에 행해지는 네 종류의 다양한 생각의 표현에 주목할 기회가 없었으므로 그중 진실을 말해 주는 생각을 찾아내기 바란다. 그러면 인간 전체를 알게 되리라.

사례

S씨[223]는 단순한 화학자 겸 자본가가 아니라 대단한 관찰자이자 위대한 철학자이다.

O씨[224]는 단순한 투기꾼이 아니라 정치가이다. 그는 맹금류와 뱀을 닮았다. 그는 보물을 빼앗고 관리인들을 현혹시킬 줄 안다.

그 두 사람이 실랑이를 벌인다면 계략을 쓰고 말다툼을 하고 철저하게 거짓말을 하고 주먹을 쥐고 투기를 하고 숫자를 앞세우며 엄청난 싸움을 벌이지 않을까?

그러던 어느 날 저녁, 그들은 벽난로 한쪽 구석 촛불 아래에서 이와 입술, 얼굴과 눈, 손에 기만을 드러낸 채 만났다. 그

---

223 S씨는 아르망 세갱(Armand Seguin, 1768~1835)인데, 그는 화학자이자 보나파르트 군대의 납품업자였다.

224 O씨는 가브리엘 쥘리앵 우브라르(Gabriel Julien Ouvrard, 1770~1846)로 집정 정부와 제정 아래에서 거금을 번 재력가였다.

들은 완전 무장을 하고 있었다. 돈 문제가 있었고 결투는 제1 제정 아래에서 이루어졌다.[225]

다음 날 자정 50만 프랑이 필요했던 O씨는 S씨 옆에 서 있었다.

여러분은, 자기 선배인 샤일록보다 더 교활하고 냉정한 인간인 S씨가 돈을 꿔 주기 전에 1파운드의 살을 받으려 했음을 아는가? 여러분은 무례하게 접근하는 은행업계의 알키비아데스[226] O씨를 보았는가? 세 개의 왕국을 돌려주지 않고서도 왕국을 차례로 얻을 수 있고, 그 왕국을 부유하게 만들었다고 모든 사람들을 설득할 수 있는 그를 말이다. 그들을 따라가보자! O씨는 더 큰 가치로 보상해 주겠다며 S씨에게 24시간 동안 50만 프랑을 빌려 달라고 한다.

"선생님." S씨가 어떤 사람에게 말했고 나는 그 사람에게서 아주 유용한 이야기를 들었다. "O씨가 나에게 그 가치에 대해 상세하게 설명하는데, 그의 얼굴 가운데, 왼쪽 코끝의 살짝 둥근 부분만이 하얗게 되었습니다. 나는 O씨가 거짓말을 할 때마다 그쪽이 하얗게 된다는 점을 이미 알고 있었습니다. 그래서 나는 내 50만 프랑이 얼마간 위태로워질지도 모른다는 사실을 알았습니다……"

"저런!" 사람들이 그에게 말했다.

"저런!" 그가 같은 말을 했다.

---

225 세갱과 우브라르는 1799년에서 1805년 사이에 결성된 상인 협회에 참여했다. 발자크가 말하는 만찬은 이 협회의 파산 이후에 있었다. 1824년 세갱은 우브라르에게 소송을 제기했고, 우브라르는 소송 결과에 따라 투옥되었다.

226 알키비아데스는 5세기 그리스의 장군이자 정치가이다. 우브라르는 그와 마찬가지로 성공과 실패를 거듭한 과감한 모험가였다.

그의 입에서 한숨이 새어 나왔다.

"아이고, 그 뱀 같은 작자가 반 시간 동안 나를 잡아 두었어요. 나는 그에게 50만 프랑을 약속했고, 그는 그걸 가져갔습니다."

"그가 그 돈을 돌려주었습니까?"

S씨는 O씨를 비방할 수 있었다. 말로 적을 죽이는 시대에, 유명한 그의 증오에는 그럴 만한 권리가 있었다. 나는 그 이상한 사람을 칭송하는 소리에 대해, 돈을 빌려준 이가 "그렇죠." 라고 대꾸했다고 말해야 하리라. 하지만 불쌍하게 대응했다. 그는 자신의 적을 더 많은 사기로 고발하고 싶었을 것이다.

몇몇 사람들은 O씨가 베네벵 공[227]보다 훨씬 더 위선적인 인물이라고 말한다. 나는 기꺼이 그 말을 믿는다. 외교관은 타인을 위해 거짓말을 하고 은행가는 자신을 위해 거짓말을 한다. 글쎄…… 표정에는 놀라울 정도로 변화가 없고, 시선은 완전히 무심하고, 목소리에는 흔들림이 없고, 민첩한 발걸음이 몸에 밴 근대 인물인 부르발레[228]도 자기 코끝에서 일어나는 변화만큼은 억제할 수 없었다. 우리들 각자는 마음의 지배를 받는 얼굴의 특정 부분과 붉어지는 귀의 연골, 소스라치는 신경, 눈꺼풀을 지나치게 드러내면서 여는 태도, 느닷없이 깊어지는 주름, 말하는 듯한 입술의 움직임, 목소리의 의미심장한 떨림, 불편한 호흡을 가지고 있다. 이것이 무엇을 의미하는가? 악은 완전하지 않다.

---

227 탈레랑(Talleyrand, 1754~1838)은 프랑스의 정치가이자 외교관으로 1806년 베네벵(Bénévent) 공의 칭호를 얻었다.

228 폴 푸아송 드 부르발레(Paul Poisson de Bourvalais)는 루이 14세 치하의 금융가였다. 1689년에 재정 조사관이었고 큰 재산을 모았지만 1716년에 파산하였다.

그러므로 나의 명제는 유효하다. 내 명제는 이 모든 이론을 지배하고, 그 이론의 중요성을 증명한다. 생각은 수증기와 같다. 당신이 무엇을 아무리 치밀하게 계획하더라도, 특정한 생각은 자기 자리를 필요로 하고, 마침내 그 자리를 차지하고는 심지어 죽은 사람의 얼굴에 남기도 한다.[229] 내가 보았던 첫 번째 해골은 스물두 살 나이에 죽은 소녀의 뼈였다.

나는 의사에게 "그녀는 날씬한 체형을 지녔고 우아했을 것입니다." 하고 말했다.

그는 놀란 것 같았다. 갈비뼈가 배열되어 있었는데, 나는 그 뼈가 어떤 호의를 베풀어 발걸음의 습관을 나타냈는지 알지 못했다. 육체의 '비교 해부학'이 존재하듯이 정신의 '비교 해부학'도 존재한다. 육체와 마찬가지로 영혼에 있어서도 논리상 세부적인 부분은 전체에 이른다.[230] 물론 비슷한 두 개의 뼈대는 없다. 자연에 식물성 독이 있고, 적절한 때에 사람에게서 중독을 일으키듯 말이다. 마찬가지로 삶의 습관은 정신적인 화학자의 눈에 두개골의 두(竇)[231] 혹은 이제는 존재하지 않는 사람들의 유골 조각들 속에 나타난다.

하지만 인간은 생각보다 훨씬 더 속기 쉽고, 사생활을 감출 수 있다고 믿는 사람은 미천한 자들이다. 만약 당신이 생각으로부터 지식을 얻고 싶다면 어린아이나 미개인을 흉내 내보기 바란다. 그들이 당신의 스승이다.

사실 생각을 감추려면 한 가지 생각만 해야 한다. 까다로

---

229 발자크는 열역학 지식에 민감했다. 독일의 의사이자 물리학자 율리우스 로베르트 폰 마이어는 열역학을 통해 에너지 보존 법칙을 발견했다.

230 발자크는 퀴비에가 만든 '형태적 상관관계의 법칙'을 암시하고 있다.

231 인체의 일부 기관이나 조직 내부가 오목하게 들어간 부위를 말한다.

운 사람은 쉽게 파악된다. 따라서 모든 위대한 사람은 자신보다 못한 사람에게 속한다.

영혼은 원심력으로 얻은 것을 구심력으로 잃는다.

반면 미개인과 아이는 모든 삶의 영역을 하나의 생각과 욕망에 집중시킨다. 그들의 삶은 단순한 것을 좇고, 그들의 힘은 그들 행동의 놀라운 단일성에 있다.

사회적 인간은 주변의 모든 방향으로 계속 나아가야 한다. 사회적 인간은 수많은 열정과 수많은 생각을 갖지만 자신의 기반과 활동 영역 사이에 균형을 이루기 어렵기 때문에, 매 순간 허약함을 드러내고야 만다.

여기서 윌리엄 피트[232]의 대단한 말이 나왔다. "내가 많은 일을 한다면 그것은 내가 한 번에 한 가지 일만 원했기 때문이다."

발걸음에 관한 순진한 명제는 정부 규범에 대한 위반에서 나왔다. 우리 중 누가 걸으면서 걷기에 대해 생각하겠는가? 아무도 없다. 게다가 모두 생각하면서 걷는 것을 자랑한다.

부당하게 야만인이라고 불리는 원주민들을 잘 관찰한 어느 여행자들의 견문록을 읽어 보기 바란다. 쿠퍼가 (『모히칸족의 최후』를) 생각하기도 전에 『모히칸족(Mohicans)』을 쓴 옹탕 남작의 책을 말이다.[233] 그러면 문명인들에게는 수치스럽겠지만, 미개인들이 발걸음에 얼마나 중요한 의미를 부여하는

---

232 윌리엄 피트(William Pitt, 1759~1806)는 영국의 정치인으로 수상을 역임했다.

233 옹탕(Hontan) 남작으로 불리는 루이아르망 드 롱 다르스(Louis-Armand de Lom d'Arce, 1766~1816)는 프랑스의 작가이자 인류학자이다. 제임스 페니모어 쿠퍼(James Fenimore Cooper, 1789~1851)는 발자크가 좋아한 미국의 소설가로, 『모히칸족의 최후』(1826)를 남겼다.

지 알게 될 것이다. 미개인은 동족 앞에서 느리고 무거운 움직임밖에 보이지 않는다. 또한 그들은 경험을 통해 밖으로 드러난 표시가 휴식과 가까울수록 상대가 어떤 생각을 품고 있는지 이해하기가 더 어렵다는 사실을 안다. 거기서 다음과 같은 격언이 나온다.

III

휴식은 육체의 침묵이다.

IV

느린 움직임에는 본질적으로 위엄이 있다. 베르길리우스가 이야기했던, 분노한 민중 앞에 나타나 그들을 달랜 사람이 소요 중인 군중 앞으로 팔짝 뛰어나왔다고 여겨지는가?[234]

이처럼 우리는 움직임의 구조가 발걸음을 위엄 있고 우아하게 하는 수단임을 이론적으로 밝힐 수 있다. 빨리 걷는 사람은 자기 비밀의 절반을 이미 말한 것이 아닌가? 그 사람은 바쁘다. 갈 박사는 뇌의 중량과 뇌의 회전수가 모든 유기체들의 생명 유지에 필수적인 느린 움직임과 연관됨을 깨달았다. 새들은 거의 생각하지 못한다. 습관적으로 빨리 걷는 사람들은 대개 뾰족한 머리와 움푹 들어간 이마를 지녔을 것이다. 더구나 많이 걷는 사람은 논리적으로 오페라 극장의 무용수와 같

---

234 베르길리우스는 서사시 『아이네이스』에서 자신의 영향력만으로 반란을 진압한
　　사람과 넵튠을 비교했다.

은 정신 상태를 가질 수밖에 없다.

계속해 볼까?

아주 능숙한 느린 발걸음이 그가 여유 있는 사람이라는 사실을, 그러니까 부자, 귀족, 사상가, 현인임을 말해 준다면 세세한 부분도 원칙과 일치해야 할 터다. 그래서 그들은 몸짓도 적고 느리다. 여기서 또 다른 격언이 나온다.

V

급격하고 불규칙한 모든 움직임은 악덕이나 나쁜 교육을 드러낸다.

당신은 종종 '서성거리는' 사람들을 비웃지 않는가? '서성거리다'는 로투르 메즈레[235]가 재발굴한 놀라운 옛 프랑스어이다. '서성거리다'는 왔다 갔다 하고 누군가의 주위를 돌고 헛손질을 하고 일어났다 앉았다 웅성거리고 좀스럽게 구는 행동을 표현한다. '서성거리다', 그것은 목적 없는 움직임을 빈번히 하고, 또한 파리를 흉내 내는 것이다. '서성거리는 사람들'에게는 항상 자유를 주어야 한다. 그들은 여러분의 머리를 치거나 몇몇 값비싼 가구를 부순다.

당신은 팔과 머리, 다리나 몸의 모든 움직임이 예각을 이루는 여성을 비웃은 적 없는가?

마치 어떤 충동으로 팔꿈치를 뻗치듯이 당신에게 팔을 내

---

235 샤를 로투르메즈레(Charles Lautour-Mézeray, 1801~1861)는 프랑스의 언론인이자 고위 공무원이다. 발자크는 그에 대해 감탄을 금하지 못했다.

미는 여자들이 있을까?

느닷없이 앉거나 갑자기 튀어나오는 장난감 병정처럼 일어나는 여자들은 있는가?

여성의 미덕은 직각과 밀접한 관련이 있다. 따라서 여기에 해당하는 여자들은 대개 정숙하다. 사람들이 잘못이라고 부르는 것을 행하는 모든 여자들의 움직임에서는 세련된 둥근 자세가 유독 두드러진다. 만약 내가 한 가정의 어머니였다면, '팔꿈치를 둥글게 하시오.'라는 무용 선생[236]의 엄숙한 말을 듣고 딸들 생각에 몸을 떨었을 것이다. 그런데 여기서 격언이 나온다.

VI

우아함은 둥근 형태를 필요로 한다.

적수에 대해 "저 여자는 정말 모나단 말이야!"라고 말하는 여인의 기쁨을 알기 바란다.

하지만 서로 다른 발걸음들을 관찰하면서 내 마음속에 쓰라린 의심이 들었고, 그것은 모든 종류의 과학에서, 심지어는 가장 하찮은 과학에서도, 인간은 빠져나올 수 없는 어려움 때문에 멈추어 서고, 병아리콩의 움직임조차 파악하기가 불가능하듯이 자기 움직임의 이유와 그 끝을 알지 못한다는 사실을 증명해 주었다.

---

236 프랑수아로베르 마르셀(François-Robert Marcel, 1683~1759)은 루이 15세의 무용 선생이었다.

무엇보다도 나는 움직임이 어디에서 비롯되었는지 생각해 보았다. 교감 신경이 어디에서 시작해 어디에서 끝나는지 말하는 것만큼이나, 움직임이 우리 내부 어디에서 시작해 어디에서 끝나는지 밝히기란 어렵다. 이제껏 수많은 관찰자들이 이 내부 기관을 파악하느라 지쳐 버렸다. 위대한 보렐리도 그 엄청난 물음에는 접근하지 못했다. 80만 명의 파리 시민들이 매일 행하는 움직임 속에서, 이토록 하찮은 행동 속에서 해결할 수 없는 문제를 발견한다는 점은 놀라운 일이 아니겠는가?

이 같은 어려움에 대한 나의 깊은 성찰에서 다음과 같은 격언이 나오니, 여러분도 한번 생각해 보기 바란다.

VII

우리 안의 모든 것은 움직임을 지닌다.
하지만 그 성질은 어디에서도 지배적이지 않으리라.

사실 자연은 너무나 기발하고 단순한 방식으로 인간의 운동 기관을 만들었기 때문에, 여기서도 자연의 모든 피조물들에서 보이는 놀라운 조화가 나타난다. 당신이 어떤 습관으로든 자연을 왜곡한다면 ── 우리는 인간에게 잘못이 있는 비열함에 대해서만 빈정대기에 ── 조롱거리가 될 것이다. 우리는 무지와 어리석음에 대해 그러하듯, 잘못된 행동에 냉혹하기 때문이다.

내 앞을 지나가는 사람들이 지금까지 무시되었던 그 기술의 제1 법칙을 알려 주었다.

그들 중 첫 번째 인물은 뚱뚱한 신사이다. 여기서 나는 대단히 재치 있는 작가가 번지르르한 평가를 통해 그들의 잘못을 변명하고 두둔한 예를 보여 줄 것이다. 브리야사바랭[237]은 뚱뚱한 사람만이 "위엄 있는 배를 가질 수 있다."라고 말했다. 틀린 말이다. 만약 상당히 풍만한 살을 지녀야만 위엄이 생긴다면, 바로 비만 탓에 더 이상 발걸음을 열망할 수 없게 되리라. 발걸음은 비만증으로 중단된다. 비만증에 걸린 사람은 자신의 신체 구조를 지배하는 배가 만들어 내는 잘못된 움직임에 빠져들 수밖에 없다.

사례

앙리 모니에[238]는 분명 북 위에 머리를 올려 두고 그 아래에 북채로 X자 형태를 만들어서 뚱뚱한 신사의 모습을 풍자했을 것이다. 그 낯선 신사는 마치 걸으면서 달걀을 으스러뜨리기라도 할까 봐 겁먹은 듯 보였다. 확실히 그 사람에게서 발걸음의 특징은 완전히 사라졌다. 그는 늙은 포병이 아무 소리도 듣지 못하는 것과 마찬가지로 걷지 못한다. 예전에 그는 운동 감각도 있고 뛰어다녔을지도 모른다. 하지만 지금 이 불쌍한 사람은 더 이상 걷기를 이해하지 못한다. 그는 나에게 자신의 삶 전체와 수많은 생각거리를 보여 주었다. 누가 관절염과 비만으로 그의 다리를 허약하게 만들었는가? 그를 망가뜨린 것은 악습인가, 아니면 노동인가? 서글픈 생각이 든다. 무언

---

237 브리야사바랭(Brillat-Savarin, 1755~1826)은 프랑스의 법관이자 미식가, 작가이다.

238 앙리 모니에(Henry Monnier, 1799~1877)는 프랑스의 풍자화가이자 작가다. 『조제프 프뤼돔의 회상록』이라는 작품에서 '프뤼돔 씨'라는 가상의 인물을 만들어서 세태를 풍자했다.

가를 성취하는 일과 사람을 해치는 악습은 인간에게 동일한 결과를 가져온다. 자기 배에 복종해 버린 이 가엾은 부자는 정신을 놓은 사람 같았다. 그는 두 다리를 질질 끌면서 허약한 움직임으로 간신히 몸을 추슬렀다. 죽음에 맞서다가 구덩이 쪽으로 억지로 끌려가는 사람처럼 말이다.

그 사람 뒤로 한 사람이 특이한 대조를 이루며 걸어왔다. 그는 견갑골이 좁고 밋밋하게 펴진 어깨를 지녔으며 뒷짐을 지고 있었다. 마치 불에 구워지는 자고새 새끼와 흡사했다. 그는 목으로 나아가는 것 같았고, 온몸의 추진력을 흉곽에서 얻는 듯 보였다.

그다음으로 하인을 거느린 젊은 아가씨가 영국인처럼 뛰면서 걸어왔다. 그녀는 날개를 잃고도 여전히 날려고 애쓰는 암탉 같았다. 그녀 움직임의 원천은 등허리에 있는 것 같았다. 여러분은 분명 우산을 든 그녀의 하인을 보고서, 그녀가 혹시 우산에 맞지나 않을까, 겁을 냈으리라고 말했을 터다. 틀림없이 좋은 집안의 아가씨였지만 세상에서 가장 천진난만하게 엉뚱한 행동을 할 만큼 일거수일투족이 대단히 서툴렀다.

또 나는 두 가지 행동 탓에 부자연스러워 보이는 사람을 발견했다. 그는 오른쪽 다리와 자신의 모든 신체 부위를 안정시킨 다음에야, 왼쪽 다리와 몸의 모든 부분을 밖으로 내놓았다. 그는 둘로 나뉜 당파 같았다. 확실히 그의 몸은 어떤 혁명으로든 애당초 둘로 갈라졌을 테고, 그렇지만 놀라울 정도로 불완전하게 다시 결합되었다. 뇌는 하나였지만 그의 몸에는 두 개의 축이 있었다.

곧 피골이 상접한 외교관이 나타났는데, 그는 끈 조정을 잊은 졸리[239]의 꼭두각시처럼 몸을 가누지 못한 채 걸었다. 여러분은 그가 붕대에 감긴 미라처럼 눌려 있다고 생각했으리라. 그는 영하의 날씨에 시냇물에 빠진 사과처럼 넥타이에 매여 있었다. 그는 축에 아무렇게나 고정되어 있는 듯, 돌아서면 지나가는 사람과 부딪칠 것이 분명했다.

나는 그 낯선 사람을 통해 다음과 같은 격언의 필요성을 느꼈다.

VIII

인간의 움직임은 아주 분명한 시기에 해체된다.

만약 그 시기를 알아차리지 못한다면 당신은 기계적인 뻣뻣한 동작을 드러내게 되리라.

무슨 이유에서인지 튀어나온 코르셋을 신경 쓰며 갑갑해하는 예쁜 여자가 아름다운 엉덩이를 지닌 비너스로 변해서 돌연 몸을 내밀고 또 코르셋 속으로 움츠리며, 코르셋에 갇힌 육체를 둥글게 구부린 채 뿔닭처럼 걸어갔다.

사실 이해력은 우리 운동의 지각되지 않는 연속된 행동 속에서 빛을 발해야 한다. 다양하게 변하는 뱀 가죽의 마름모 무늬 결절에서 빛과 색채가 어울리듯이 말이다. 아름다운 발걸음의 모든 비밀은 움직임의 해체 속에 있다.

이어서 앞의 여성처럼 몸을 움츠린 여자가 왔다. 그리고

---

239 졸리(Joly)라는 별칭이 붙은 아드리앙 뮈사(Adrien Mussat, 1799~1877)는 프랑스의 연극배우이자 조각가이다.

세 번째 여자가 나타났고, 여러분은 그녀들의 터무니없이 튀어나온 반달 모양의 체형을 보고서 웃었을지도 모른다.

나는 뭐라고 불러야 할지 모르겠으나, 특히 파리 여자들의 발걸음을 지배하는 상황들에 오랫동안 몰두했다. 나는 재치 있는 여자, 고상한 여자, 신앙심 깊은 여자 들에 대해 생각했다. 우리는 여러 강연회에서 제기된 아름다움을 둘러싼 갖가지 관점들을 화해시키면서, 지독하게 둥근, 코르셋에 갇힌 체형이 가지는 불행의 강점과 약점에 대해 토론한 뒤, 이런 놀라운 격언을 만들어 냈다.

IX

여자들은 걸으면서 모든 것을 드러낼 수 있지만,
아무것도 드러내지 않는다.

그러자 한 여성이 소리쳤다. "그런데 확실해요! 옷은 단지 그런 이유로 만들어졌어요."

그녀는 엄청난 진실을 말했다. 모든 사회는 치마 속에 있다. 여자의 치마를 벗겨라. 그러면 애교도 열정도 더 이상 없으리라. 여자의 모든 힘은 옷에 있다. 허접한 옷에는 사랑이 없다. 그래서 상당히 많은 해설자들, 특히 마소라 텍스트[240]는 우리 어머니 이브의 무화과 나뭇잎이 캐시미어였다고 주장한다. 나도 그렇게 생각한다.

나는 이 부차적인 질문으로써 그 강연회 중에 있었던 아

---

240 마소라 텍스트는 유대교 성경의 권위 있는 히브리어 문헌을 말한다.

주 새로운 토론에 관해 간단히 언급하겠다.

'여자는 걸으면서 치맛자락을 걷어 올려야 하는가?'

수많은 여자들이 허리께의 천 뭉치를 매력 없이 붙잡고, 옷 아래쪽으로 거대한 구멍을 만들며 걷는 모습을 생각하면 이는 엄청난 문제다. 얼마나 많은 불쌍한 아가씨들이 비스듬히 올라간 옷을 들고, 그 끝은 오른쪽 다리에, 나머지 열린 부분은 왼쪽 장딴지 위쪽에 두고, 대단히 하얗고 팽팽한 스타킹과 반장화 따위를 적당히 내보이기 위해 천진난만하게 걷고 있는가. 그렇게 걷어 올린 여자들의 치마를 보노라면, 마치 극장 한쪽 구석에서 몰래 막을 걷고 무희들의 다리를 들여다보는 듯하다.

우선 그 토론자는, 고상한 여자들이라면 비가 올 때나 길이 진흙투성이일 때 결코 바깥에 나오지 않으리라는 전제에서 어렵게 벗어났다. 그런 다음, 상식 있는 여자라면 사람들이 보는 데서 치마에 손대지 않을 것이며, 어떤 경우에도 치마를 걷어 올리지 않으리라고 완전히 확신했다.

"건너야 할 시냇물이 있다면요?" 하고 내가 말했다.

"저런, 선생님, 품위 있는 여자는 옷의 왼쪽을 살짝 잡아 올리고 작은 몸짓으로 일으선 다음, 곧바로 옷을 놓습니다. 에코(Ecco).[241]"

나는 어떤 옷들의 화려한 주름을 기억한다. 나는 여성들의 놀라운 율동, 우아한 굴곡, 긴 웃옷의 곡선을 기억하고, 여기에 나의 생각을 기록하지 않을 수 없었다.

---

241 이탈리아어로 '자, 그렇지요'의 의미이다.

X

몽티옹 상[242]만큼 가치 있는 치마의 움직임이 있다.

여자들은 아주 비밀스럽게 옷을 들어 올린다는 사실이 입증되었다. 그 원칙은 프랑스에서 확인할 수 없다고 알려져 있다.

예측과 관련한 발걸음의 중요성을 마무리하기 위해 외교적 사안의 인용을 허락해 주기 바란다.

지난 세기의 오스트리아 대사 메르시아르장토[243] 씨가 말하기를, 헤센다름슈타트 대공의 부인[244]은 자신의 세 딸을 황후에게 데려가서 그중 하나를 대공의 아내로 간택하도록 청했다. 황후는 그 딸들과 말 한마디 나누지 않고 둘째 딸을 선택했다. 놀란 대공 부인은 황후에게 어떻게 그렇게 빨리 결정했는지 물었다. "그녀들이 마차에서 내려오는 동안, 창문으로 세 사람 모두를 보았소." 황후가 대답했다. "큰딸은 발을 헛디뎠고, 둘째는 자연스럽게 내렸고, 셋째는 발판을 뛰어넘었소. 분명 장녀는 서투를 것이고, 막내는 경솔할 것이오. 그래서 둘째를 선택했소."

---

242 몽티옹 상은 프랑스의 자선가이자 경제학자인 장밥티스트 드 몽티옹(Jean-Baptiste de Morrtyon, 1733~1820)이 제정한 상이다. 1784년 몽티옹은 세 가지 상을 제정했는데, 첫 번째 상은 덕행을 베푼 사람에게 수여되었다.

243 플로리몽 드 메르시아르장토(Florimond de Mercy-Argenteau, 1727~1794)는 오스트리아 대사였다.

244 헤센다름슈타트 루이 9세(Louis IX de Hesse-Darmstadt, 1719~1768)의 아내, 카롤린을 말한다.

만약 인간의 움직임이 성격, 생활 습관, 가장 비밀스러운 품행을 나타낸다면, 다소 튼튼한 허리 덕에 증기 기관의 터빈처럼 대단히 규칙적으로 오르내리고, 치밀하게 계획된 움직임에서 일종의 우쭐함을 드러내기도 하는 여자들의 아주 복잡한 발걸음은 어떠할까? 그녀들은 지독하리만치 정확한 박자에 맞춰서 사랑을 노래하지 않을까?

다행히도 한 증권 중개인이, 투기가 횡행하는 큰길[245]을 잊지 않고 지나간다. 그는 스스로에게 만족하는 뚱뚱한 사람이었고, 여유롭고 매력 있어 보이려고 애를 썼다. 그는 탈리오니의 관능적인 웃옷처럼 한껏 늘어진 프록코트 자락을 넓적다리 위에서 규칙적으로 말았다가 풀며 빙빙 돌렸다. 탈리오니가 피루엣[246]을 마친 다음 환호를 받으려고 객석으로 돌아설 때처럼 말이다. 그것은 증권 중개인의 습관과 관계된 회전 운동이었다. 그는 자신의 돈처럼 회전했다.

그의 뒤에서 신분 높은 아가씨가 따라오고 있었다. 그녀는 두 발을 붙이고 입을 꼭 다물고 불만에 차서 가볍게 돌아섰고, 눈에 띄지 않을 만큼 조용히 걸어갔다. 부자연스러운 동작을 보니 탄력도 없고 뼈끝[247]은 이미 붙은 듯했다. 그녀의 움직임은 뻣뻣했고, 따라서 나의 여덟 번째 격언을 저버렸다.

몇몇 남자들이 유쾌한 모습으로 걸으며 지나갔다. 그들은 극장에서 만나 서로를 알아보고 인사를 나누는 사람들의 전형이었고, 평온하고 태평한 시민들 속에서 한결같이 우연히

---

245 증권 거래소가 위치한 그랑 대로를 말한다.
246 무용에서 한쪽 발끝으로 도는 동작을 말한다.
247 공 모양으로 생긴 긴뼈의 양쪽 끝을 가리킨다.

동창생을 다시 만난 듯 보였다.

나는 본의 아니게 거리에서 희극을 연기하는 어릿광대들에 대해서는 아무것도 말하지 않으리라. 다만 이 기억할 만한 격언에 대해 성찰해 보기를 그들에게 청한다.

XI

몸이 움직이고 있을 때,
얼굴은 움직이지 않아야 한다.

그래서 나는 빽빽하게 열을 지어 서서 빈둥거리는 사람들 사이를 항아리 속의 뱀장어처럼 빠르게 지나가는 바쁜 사람에 대하여 편파적으로 묘사할 수밖에 없다. 바쁜 사람은 행진을 내딛는 병사처럼 발걸음에 몰두한다. 그는 대개 달변가이다. 그는 큰 소리로 말하고, 자기 말에 몰두하고, 화를 내고, 그 자리에 없는 적에게 갑자기 말을 걸고, 반박의 여지가 없는 논거를 제기하고, 과장된 몸짓을 하고, 슬퍼하다가 기뻐한다. 안녕히, 재미난 희극 배우여, 대단한 연설가여!

왼쪽 어깨에는 비스듬히 오른쪽 다리의 움직임을, 거꾸로 오른쪽 어깨에는 왼쪽 다리의 움직임을 너무도 규칙적으로 전달하면서 걷는 사람을 보면, 마치 옷을 지탱하는 두 개의 커다란 막대기 같다. 나는 그렇게 걷는 사람에 대해 뭐라고 말해야 할까? 그 사람은 분명 벼락부자가 된 노동자이리라.

의무적으로 해야 하는 일 때문에 같은 동작의 반복을 강요받는 사람들의 발걸음에는 항상 매우 일정한 운동 원리가 숨어 있다. 가슴에서든 허리에서든 어깨에서든 말이다. 몸은 종종 한쪽으로 완벽히 치우친다. 학구적인 사람들은 보통 머리를 숙인다. 『미각의 생리학』을 읽은 사람이라면 누구든지 빌맹 씨처럼 "코를 서쪽에 두다."라는 표현을 기억할 터다.[248] 사실 이 유명한 교수는 대단히 재치 있는 독창성을 발휘해서 고개를 사방으로 쳐들고 있다.

　　머리 자세와 관련한 흥미로운 관찰이 있다. 내 생각에 미라보 백작처럼 턱을 하늘로 쳐드는 행동은 대개 걸맞지 않는 우쭐한 태도를 나타낸다. 그런 자세는 자기 시대와 대결하는 사람들에게만 허용된다. 미라보 백작이 불멸의 적수인 위대한 보마르셰에게 그런 연극적인 대담성을 보였다는 사실을 아는 사람은 별로 없다.[249] 두 사람 모두 공격을 받기도 했다. 박해는 육체적으로도 정신적으로도 천재를 성장하게 한다. 고개를 숙이는 불쌍한 사람에게도, 고개를 드는 부자에게도, 아무것도 기대하지 말기를 바란다. 한 사람은 항상 노예가 될 것이고, 또 다른 사람은 노예였을 것이기 때문이다. 후자는 사기꾼이고, 전자는 사기꾼이 될 터다.

　　가장 위엄 있는 사람들이 모두 고개를 왼쪽으로 가볍게 숙였음은 분명하다. 알렉산더, 카이사르, 루이 14세, 뉴턴,

---

248 『미각의 생리학(Physiologie du goût)』은 『미식 예찬』으로 번역된 브리야사바랭의 저서이다. 이 책에 등장하는 아벨 프랑수아 빌맹은 찐 가자미를 맛있게 먹으면서 "귀담아듣는 사람처럼 고개를 숙이고 턱은 서쪽에 두고" 있다.

249 미라보(Mirabeau) 백작, 오노레 가브리엘 리케티(Honoré Gabriel Riqueti, 1749~1791)는 프랑스의 정치가, 사상가, 작가이다. 피에르오귀스탱 카롱 드 보마르셰(Pierre-Augustin Caron de Beaumarchais Beaumarchais, 1732~1799)는 『세비야의 이발사』, 『피가로의 결혼』을 쓴 프랑스의 극작가이다. 두 사람은 수자원 회사 문제로 대립하였다가 프랑스 대혁명 기간 중에 화해하였다.

샤를 12세, 볼테르, 프레데릭 2세와 바이런은 전부 그런 태도를 취했다. 나폴레옹은 고개를 오른쪽에 두었고, 모든 것을 장방형으로 생각했다. 그에게는 사람들과 전쟁터, 도덕의 영역을 정면으로 바라보는 습관이 있었다. 아직 재판받지 않은 로베스피에르 역시 군중을 정면으로 응시했다. 당통은 미라보의 태도를 이어받았다. 샤토브리앙 씨는 고개를 왼쪽으로 숙였다.

충분히 검토한 끝에, 나는 그런 태도에 찬성의 뜻을 밝힌다. 나는 일반적이고, 모든 매력적인 여성들에게서 그런 태도를 발견했다. 우아함(천재성은 우아함을 포함한다.)은 '일직선'을 몹시 싫어한다. 이러한 관찰은 우리의 여섯 번째 격언을 확증해 준다.

고칠 수 없을 정도로 잘못된 발걸음을 지닌 두 종류의 사람이 있다. 그들은 바로 선원과 군인이다.

선원은 항상 몸을 굽히고 움츠릴 채비를 하며 다리를 벌린다. 파도의 충격을 받아 내려고 상갑판 위에서 몸을 좌우로 흔들어야 하는 것이다. 그러므로 그들은 육지에서 똑바로 걸을 수 없다. 그들은 바람이 불어오는 방향을 향해 지그재그로 간다. 그래서 사람들은 그들을 외교관으로 내세우기 시작했다.[250]

군인들은 확실히 군인임을 알아보게 하는 걸음으로 걷는

---

250 루이 필리프에 동조한 해군 중장 알뱅 루생(Albin Roussin, 1784~1854)이 1832년 10월에 콘스탄티노플 대사로 임명된 일을 두고 하는 말이다.

다. 그들은 받침대 위의 흉상처럼 거의 대부분 허리에 중심을 두고 몸을 지탱한다. 두 다리는 마치 상황을 완전하게 통제할 책임이 있는 범용한 정신에 의해 움직이듯이 아래서 분주하게 오간다. 몸의 윗부분은 아래의 움직임을 전혀 의식하지 못하는 것 같다. 그들의 걸음을 보면, 여러분은 아마 작은 판 위에 놓여서 아틀리에 한가운데로 옮겨진 파르네세 헤라클레스[251]의 상반신을 떠올리게 되리라. 왜냐하면 군인은 가슴으로 자신의 모든 기력을 줄곧 지탱해야 하기 때문이다. 그들은 끊임없이 그런 모습을 보이고, 항상 똑바른 자세를 유지한다.

자크 아미요[252]의 아름다운 표현 중 하나를 빌리면 "몸을 일으켜 서 있는" 모든 사람은 땅을 받침점으로 삼기 위해 바닥을 강하게 짓누른다. 몸의 윗부분에는 반드시 대지 한가운데서 끌어낸 힘의 반작용이 있다. 그런데 운동 기관은 반드시 각기 다른 역할을 가진다. 용기의 핵심은 가슴에 있고, 다리는 그 조직체의 부속물에 지나지 않는다.

따라서 선원과 군인 들은, 그들 동작의 동일한 결과물을 얻고자 태양 신경총[253]과 두 손에 의한 힘의 방출이라는 움직임의 법칙을 적용한다. 내가 기꺼이 제2의 두뇌라 부르고자 하는 이 두 기관은, 정신적으로 민감하고, 마치 유체같이 움직

---

251 그리스 시대의 조각으로, 근육질의 건장한 모습을 한 헤라클레스가 몸소 처치한 네메아의 사자 가죽을 덮은 몽둥이에 기대어 휴식하는 모습을 표현하고 있다.

252 자크 아미요(Jacques Amyot, 1513~1593)는 프랑스 르네상스 시대의 인문주의자로 플루타르코스의 번역자이다.

253 복부에 위치한 자율 신경 집합체이다.

인다. 그러한 두 가지 요인 속에서 그들 의지의 지속적인 방향과 그들 신체의 특유한 수축이 결정된다.

육군과 해군이야말로 이러한 이론에 영감을 준 생리적 문제의 생생한 증거다. 종잡을 수 없는 의지의 분출, 그것을 관장하는 내부 기관과 우리 사유의 본질적 유사성, 그리고 그것의 명백한 운동성은 분명 최근에 이루어진 관찰들과 관련이 있다. 하지만 우리의 하찮은 작업은 더없이 부족한 체계를 세우려는 시도조차 허락하지 않는다. 여기서 우리의 목적은 생각의 신체적 표현을 계속 살피고, 가구, 마차, 말, 하인 들을 보듯이 봉에 걸린 옷을 보고 사람을 판단할 수 있음을 입증하는 것이다. 또한 외적 생활에 자신을 소모할 정도로 부유한 사람들에게 사려 깊은 교훈을 주는 것이다. 사랑, 수다, 초대받은 저녁 식사, 무도회, 우아한 옷차림, 속세의 삶, 자질구레한 일은 사람들이 생각하는 것보다 훨씬 중요하다. 여기서 다음의 격언이 나온다.

XII

모든 과도한 움직임은
감탄할 만한 낭비이다.

퐁트넬은 생명 유지에 필수적인 움직임 속에서 그가 기울인 최소한의 절제를 통해 자신의 시대를 초월했다. 그는 말하기보다 듣기를 더 좋아했다. 그래서 그는 더없이 다정하다는 평판을 초월한 인물이 되었다. 저마다 그가 재치 있는 아카데미 회원의 권리라고 할 수 있는 인용력을 지녔다고 믿었다. 그는 앞선 대화를 요약했을 뿐 다른 이야기는 하지 않았다. 그는 목소리의 움직임을 위해 소모해야 하는 기(氣)의 엄청난 낭비를 잘 알고 있었다. 그는 한평생 어떤 상황에서도 목소리를 높이지 않았다. 그는 마지못해 목소리를 높여야 할 수도 있음을 알았기에 소란한 마차에서는 아예 말을 하지 않았다. 그는 전혀 열광하지 않았고, 아무도 좋아하지 않았다. 그러자 사람들이 그의 비위를 맞추었다. 볼테르가 그의 평론에 대해 불평을 하자, 퐁트넬은 여과 없는 풍자문으로 가득 차 있는 커다란 가방을 열었다.

"자, 여기에 나에 반대하는 모든 글이 있소. 첫 번째 풍자시는 원조 격에 해당하는 라신 씨가 쓴 것이오."[254] 그가 젊은 아루에[255]에게 말했다.

그는 상자를 다시 닫았다.

퐁트넬은 거의 걷지 않았고, 일생 동안 다른 이에게 자신을 붙들게 했다. 로즈[256] 의장은 아카데미에서 그에게 찬사를 보냈다. 퐁트넬은 이런 방식으로 저 유명한 구두쇠에게서조차 무언가를 얻어 냈다. 그의 조카 도브 ─ 륄리에르[257]는 그의

---

254 장 라신(Jean Racine, 1639~1699)은 프랑스의 시인이자 극작가, 왕실 사료 편찬관이었다. 17세기 말에 발생한 신구 논쟁에서 라신은 고대의 편에, 퐁트넬은 현대의 편에 섰다.

255 프랑스의 계몽주의 사상가 볼테르의 본명은 프랑수아 마리 아루에(François Marie Arouet, 1694~1778)이고, 볼테르는 필명이다.

256 투생 로즈(Toussaint Rose, 1611~1701)는 루이 14세의 서기 비서관이자 회계관 의장이었다.

257 클로드 카를로망 드 륄리에르(Claude Carloman de Rulhière, 1735~1791)는 프랑스의 역사가이자 시인이다. 그는 『논쟁에 관한 운문으로 된 논설』에서 퐁트넬의 조카 프랑수아 리셰 도브(François Richer d'Aube, 1688~1752)를 인용

분노와 다투는 습성에 대해 설명한 바 있다. — 가 말을 시작하자 퐁트넬은 눈을 감고 안락의자에 몸을 파묻은 채 잠자코 있었다. 그는 모든 장애물 앞에서 멈춰 섰다. 그는 통풍에 걸린 뒤 다리를 발받침 위에 올려놓고 입을 다물었다. 그에게는 미덕도 악덕도 없었지만 재치가 있었다. 그는 철학자들이 세운 어떠한 학파에도 속하지 않았다. 그는 결코 울지 않았고 달리지 않았으며 웃지도 않았다. 어느 날 드팡[258] 부인이 그에게 말했다.

"왜 당신이 웃는 모습을 한 번도 보지 못했을까요?"

"나는 당신들처럼 '하하' 소리 내어 웃은 적이 결코 없습니다. 하지만 나는 아주 조용히 마음속으로 웃었습니다." 하고 그가 대답했다.

죽음을 피할 수 없었던 이 작고 섬세한 인간은 그렇게 100년을 살았다.

볼테르는 자신이 장수한 이유가 "이봐요, 어린아이처럼 굴지 마세요. 어리석은 짓입니다!"라고 말한 퐁트넬의 조언 덕분이라고 했다.[259]

볼테르는 말도 사람도 원칙도 결과도 잊지 않았다. 80세에 그는 80세의 어리석은 행동을 더 이상 하지 않았다고 주장했다. 그래서 샤틀레 부인은 페르네[260] 씨의 초상을 생랑베르

하였다.

258 드팡 부인(Madame du Deffand, 1697~1780)은 문인이며 볼테르, 몽테스키외와 편지를 주고받았다.

259 볼테르는 84세까지 살았다.

260 볼테르는 제네바 근교, 페르네(Ferney)에서 살았기 때문에 '페르네 볼테르'라고도 불린다.

의 초상으로 바꾸어 버렸다.[261]

왜 가는지 모른 채, 서성거리고 말하고 달리고 과장된 어조로 서정시를 쓰는 사람들에게 고한다.

우리를 가장 쇠약하게 하는 것은 확신이다. 의견을 가지고 주장만 하지 말고 그것을 지키기 바란다. 하지만 확신이라! 맙소사! 얼마나 끔찍한 남용인가! 정치적 혹은 문학적 확신은 당신을 칼이나 말로 죽이는 애인이다. 강한 확신에 찬 사람의 얼굴을 보기 바란다. 환하게 빛이 날 것이다. 흥분한 머리에서 발산되는 빛을 육안으로 볼 수는 없더라도, 시와 그림에서는 인정된 사실이 아닐까? 그것은 물론 생리학적으로 아직 증명되지 않았지만 있을 법한 일이다. 나는 한 걸음 더 나아갈 텐데, 사람의 움직임은 영혼의 기를 빼내는 듯 보인다. 그 증산 작용은 미지의 불꽃에서 나오는 연기이다. 여기서 '인간 움직임의 총체'로 받아들여지는 발걸음에 대한 놀라운 표현이 나온다.

그렇지 않은가?

삯마차의 말들처럼 고개를 숙이고 가는 사람이 있다. 부자는 절대로 그렇게 걷지 않는다. 그가 아주 가난한 사람이 아니라면 말이다. 그는 금을 가졌지만 마음의 재산은 잃어버렸다.

어떤 사람들은 학구적인 자세로 머리를 들고 걷는다. 그들은 전직 외무부 장관인 모 씨[262]처럼 정면에서 얼굴이 4분

261 샤틀레 부인(Madame du Châtelet, 1706~1749)은 뉴턴의 『수학 원리』를 프랑스어로 번역했다. 그녀는 시인 생랑베르(Saint-Lambert)와 사귀기 전에 볼테르의 애인이었다.

262 루이 필리프 치하의 제1 내각에서 외무부 장관이었던 마티외 몰레(Mathieu

의 3쯤 보이는 어중간한 옆모습을 하고 있다. 그들은 상반신을 움직이지 않고 깃을 편다. 키케로와 데모스테네스, 쿠자스[263]의 석고상이 길거리를 지나가는 모습을 보았다고 믿을 정도이다. 그런데 유명한 마르셀[264]이 때마침 무성의는 의식적으로 움직이는 데 있다고 주장했다면, 애티튜드[265] 자세를 취하려는 사람들에 대해서는 어떻게 생각했을까?

또 다른 사람들은 그저 팔 힘으로 나아가는 듯싶다. 그들의 두 손은 그들이 항해하기 위해 사용하는 배의 노이다. 그들은 발걸음으로 노를 젓는 노예선의 죄수들이기 때문이다.

두 다리를 지나치게 벌리고 섰으면서, 개들이 주인을 따라 발아래로 지나가는 모습을 보고 놀라는 바보들이 있다. 플뤼비넬[266]에 따르면 그런 자세를 취하는 사람은 훌륭한 기수이다. 몇몇 사람들은 어릿광대가 머리를 지탱하지 못하듯 머리를 돌리면서 걷는다.

회오리바람처럼 순식간에 사라지는 사람들이 있다. 그들은 바람을 불러일으키고, 성경을 장황하게 설명한다. 그런 사람들을 만나면 예수의 성령이 코앞을 스쳐 간 것 같다. 그들은 사형 집행인의 칼이 떨어지듯이 간다.

어떤 보행자들은, 한쪽 다리는 서둘러 들고 다른 쪽 다리

Molé, 1784~1855)를 말한다.
263 자크 쿠자스(Jacques Cujas, 1520~1590)는 법률가이자 로마법 전문가이다.
264 루이 15세의 무용 선생인 마르셀은 무용 교본에서 "팔꿈치가 지각되지 않도록 두 팔을 둥글리려고 노력하십시오."라고 말했다.
265 무용에서 뒤쪽으로 한 발을 올리고 상체를 꼿꼿이 세운 채 다른 한쪽 발끝으로 서는 자세를 말한다.
266 앙투안 드 플뤼비넬(Antoine de Pluvinel, 1555~1620)은 프랑스의 곡마사로 루이 18세와 리슐리외 장군에게 승마를 가르쳤다.

는 침착하게 든다. 이보다 더 독특한 행동은 없다. 우아한 산책자들은 주먹을 허리에 받치고 여담을 늘어놓으며 팔꿈치로 모든 것을 붙든다. 결국 어떤 사람들은 몸을 숙이고, 또 다른 사람들은 몸을 구부린다. 전자는 이리저리 날아다니는 연처럼 머리를 이쪽저쪽으로 흔들고, 후자는 몸을 앞뒤로 떠받친다. 거의 모든 사람들이 서투르게 몸의 방향을 바꾼다.

여기서 멈추기로 하자.

사람들만큼이나 다양한 발걸음이 있다! 그것을 완벽하게 묘사하려고 애쓰는 일이란 악덕의 모든 형태와 사회의 모든 조롱거리를 조사하려는 것과 다름없다. 하층, 중층, 상층의 모든 영역에서 세상을 두루 돌아다니는 것이다. 나는 그런 일이라면 단념하겠다.

내가 발걸음을 분석한 254명과 절반의 사람(왜냐하면 나는 두 다리가 없는 사람을 하나의 절반으로 간주하기 때문이다.) 중에 단한 사람도 매력적이고 자연스러운 움직임을 보이지 않았다. 나는 낙담하여 집으로 돌아왔다.

"문명이 모든 것을 타락시킨다! 문명이 모든 것을, 심지어는 움직임조차 변하게 한다! 야만인들의 발걸음을 조사하기 위해 세계 일주라도 떠나야 할까?"

이 슬프고도 쓰라린 말을 하는 순간, 나는 개선문을 바라보며 창가에 있었다. 아버지 몽탈리베[267] 씨부터 아들 몽탈리베 씨에 이르기까지 대를 이어 나름대로 훌륭한 장관이었던

---

267 장피에르 바샤송 드 몽탈리베(Jean-Pierre Bachasson de Montalivet, 1766~1823)는 프랑스 귀족원 의원이자 나폴레옹의 장관이었다. 그의 아들 카미유 드 몽탈리베(Camille de Montalivet, 1801~1880)는 7월 왕정 아래에서 여러 차례 장관을 지냈다.

이들이 어떻게 하면 영광의 관을 씌울 수 있을지 고심하던 개선문을 바라보면서 말이다. 한편 제국의 화려한 상징인 나폴레옹의 문장 속 거대한 독수리가 날개를 펼치고 주인을 향해 부리를 두도록 배치하기란 너무나 쉬울 것이다. 나는 이 탁월한 구조물을 만드는 광경을 결코 보지 못하리라 확신하고, 희망을 잃은 사람처럼 나의 초라한 정원에 시선을 떨구었다. 스턴은 자신들의 헛된 꿈을 숨겨야 했던 사람들에게서 침울한 움직임을 관찰했던 최초의 인물이다.[268] 나는 잔디밭에서 어린 고양이와 함께 노는 염소를 보면서 날개를 펴고 당당하게 걷는 독수리의 웅장함에 대해 생각했다. 정원 밖에는 놀지 못해서 실망하여 왔다 갔다 낑낑대고 껑충 뛰는 개 한 마리가 있었다. 이따금 염소와 고양이가 연민으로 가득 찬 움직임으로 개를 보려고 멈추어 섰다. 나는 진실로 그리스도교인 짐승들이, 짐승과 다를 바 없는 기독교인들의 숫자와 맞먹을 만큼 많으리라고 생각한다.

여러분은 내가 '발걸음의 이론'에서 벗어났다고 생각할 것이다.

내게 맡겨 두기 바란다.

그 세 마리의 동물은 너무나 귀여워서 그들을 묘사하려면 샤를 노디에가 자신의 도마뱀 카르두옹이 햇빛을 받으며 왔다 갔다 하고 말린 당근 조각이라 여긴 금화를 구덩이로 끌고 가면서 보여 준 온갖 재능이 필요하리라.[269] 물론 나는 그

---

268 영국 작가 로런스 스턴은 『신사 트리스트럼 샌디의 생애와 의견』에서 다음과 같이 말했다. "나는 아리스토텔레스의 걸작에서, 사람은 과거를 생각할 때 땅에 시선을 떨구고, 미래를 생각할 때는 반대로 시선을 위로 향한다는 내용을 읽었다."

런 시도를 단념할 것이다! 나는 염소의 활발한 움직임, 고양이의 섬세한 위험 신호, 개의 머리와 몸에 드러난 섬세한 윤곽에 감탄하면서 깜짝 놀랐다. 조금만 철학적으로 연구해 보면 인간에게 흥미롭지 않은 동물은 없다. 동물에게 거짓은 전혀 없다! 그래서 나는 자성했다. 보잘것없이 희미하고 약한 불빛이, 내가 여러 날 전부터 늘어놓은 발걸음에 관련한 관찰을 비추어 주었다. 사탄이 나를 조롱하며 나에게 루소의 이런 무시무시한 문장을 던졌다.

"생각하는 인간은 타락한 동물이다!"[270]

독수리의 한결같이 대담한 자세에 대해, 동물마다 고유한 발걸음의 특징에 대해 다시 한 번 생각하면서 나는 『동물의 행동에 관하여』의 심오한 실험에서 내 이론의 진정한 원칙을 끌어내기로 결심했다. 나는 인간의 온갖 인위적인 표정까지 내려왔다가 자연의 솔직함으로 거슬러 올라갔다.

여기에 움직임에 관한 나의 해부학적 연구 결과가 있다.

모든 움직임은 영혼에서 나오고, 그것에 적합한 표현을 지닌다. 거짓된 움직임은 본질적으로 원초적 성격과 연관되고 부자연스러운 움직임은 습관과 관련이 있다. 몽테스키외는 우아함에 관해 정의를 내리면서 단지 재주에 대해서만 말한다고 생각하고 "그것은 사람들이 자신의 힘을 적절하게 배분하는 일이다."라고 웃으며 말했다.[271]

---

269 샤를 노디에는 「황금빛 꿈」에서 도마뱀 카르두옹의 발걸음을 묘사했다.

270 장자크 루소가 『인간 불평등 기원론』에서 쓴 문장을 요약한 표현이다.

271 몽테스키외는 『로마인의 위대함과 그 쇠락의 원인에 관한 고찰(Considérations sur les causes de la grandeur des Romains et de leur décadence)』(1734)에서 "재주는 단지 사람들이 가지고 있는 힘의 정확한 배분이다."라고 썼다.

동물은 목적을 이루는 데 꼭 필요한 정도의 힘만 소모하면서도 우아하게 움직인다. 동물들은 그들의 생각을 단순하게 표현하며 결코 교활하지도 서투르지도 않다.

그러니까 잘 걷기 위해서 인간은 (자세가) 뻣뻣하지 않고 곧아야 하며, 두 다리를 동일하게 움직이려고 애써야 하며, 오른쪽이든 왼쪽이든 중심축 밖으로 과도하게 몸을 실어서는 안 되고, 총체적인 움직임에 온몸을 조금씩 참여시켜야 하고, 규칙적인 흔들림으로 삶에 대한 비밀스러운 생각을 소멸시키는 가벼운 움직임을 자신의 발걸음에 개입시켜야 하고, 머리를 숙여야 하고, 멈추어 설 때 두 팔이 결코 같은 자세를 취해서는 안 된다. 루이 14세는 그렇게 걷곤 했다. 그러한 원칙은, 나에게는 다행스럽게도, 왕의 외면만을 보았던 작가들이 그것을 왕권의 위대한 전형으로 지적했던 데에서 비롯한다.

젊은이에게서 드러나는 몸짓의 표현, 말소리의 억양, 개성 있는 용모를 나타내려는 노력은 무익하다. 여러분들은 결코 다정하지도 재치 있지도 '남모르게' 즐겁지도 않다. 하지만 노년에는 움직임의 능력을 더 주의 깊게 발휘해야 한다. 여러분은 여러분들이 속한 세상의 유용성을 통해서만 그 세상에 속한다. 젊은이는 우리를 보고, 노인은 우리에게 보여 주어야 한다. 그것은 힘든 일이지만 사실이다.

가벼운 움직임이 발걸음에 나타나듯이 단순한 것이 겉모습에 나타난다. 동물은 항상 정상적인 상태에서 살면서 죽는다. 따라서 요란한 몸짓, 동요, 높고 날카로운 목소리, 다급한 경례만큼 우스꽝스러운 것은 없다. 여러분은 순식간에 일어나는 소란스러운 일을 보기도 하지만, 오랜 시간 동안 깊은 강가나 호수 앞에 머무르기도 한다. 그래서 많이 움직이는 것은 말을 많이 하는 것과 같고, 사람들은 그런 사람을 멀리한다. 밖으로 드러난 운동성은 누구에게도 적합하지 않으며, 부산한 아이를 참을 수 있는 사람은 어머니밖에 없다.

인간의 움직임은 신체의 특성과 같은데, 그것을 단순하게 하려면 크게 바로잡아야 한다. 생각에서와 마찬가지로 행동에서도 인간은 늘 복잡한 것에서 단순한 것으로 향한다. 훌륭한 교육은 아이들을 본성대로 놓아두는 것이며, 위대한 인물들의 극단을 흉내 내지 않도록 하는 것이다.

움직임 속에는 틀림없고 확고한 조화의 법칙이 있다. 이야기를 들으면서 갑작스럽게 언성을 높이는 행동은 듣는 사람을 불쾌하게 하는 난폭한 포성과 같지 않은가? 여러분이 갑작스러운 행동을 취하면 상대는 불안해진다. 문학이 그렇듯 태도에 있어서도 아름다움의 비밀은 맥락에 있다.

그 원칙에 대해 깊이 생각해 보고 그것을 적용해 보면 만족할 터다. 왜일까? 아무도 그 이유를 알지 못한다. 무엇이든 아름다움은 느껴지는 것이지 명확한 것이 아니다.

아름다운 발걸음, 온화한 태도, 우아한 말투는 항상 사람의 마음을 사로잡고, 능력 있는 사람보다 보잘것없는 사람에게 더 많은 이점을 준다. 행복이란 대단히 바보 같은 것이다! 재능은 모두를 불편하게 하는 과도한 움직임과, 특별한 삶을 결정짓는 지능의 놀라운 남용을 포함한다. 사람들 사이에서 영원한 골칫거리인 육체 그리고 두뇌의 남용은 신체적인 독특함과, 우리가 끊임없이 조롱하게 될 일탈을 만들어 낸다.

보스포루스 해협을 보고 앉아 담배를 피우는 터키인의 게으름은 틀림없이 대단한 지혜일 것이다. 생명력의 훌륭한 화신이자 작은 움직임과 발걸음의 동종 요법[272]을 간파했던 퐁트넬은 본질적으로 아시아인이었다.

"행복하기 위해서는, 작은 공간을 유지해야 하고 장소를 거의 바꾸지 않아야 한다!" 하고 그가 말했다.[274]

그러니까 생각은 우리의 움직임을 망가트리고, 우리 몸에 심한 고통을 주며, 포악한 완력으로 몸을 박살 내는 힘이다. 생각은 인류를 쇠약하게 한다.

이미 루소가 말했고, 괴테가 『파우스트』에서 극적으로 언급했으며, 바이런이 「맨프레드」[274]에서 시화하였다. 그들 전에도 성령은 쉼 없이 나아가는 사람들에 대해 예언적으로 이렇게 외쳤다. "그들을 굴러가는 검불 같게 하소서!"[275]

나는 여러분에게 이 이론의 핵심이 지닌 엄청난 무의미를 예고했다. 이제 곧 다루겠지만 아주 오래전부터 세 가지 사실이 완벽하게 확인되었는데, 판 헬몬트[276]는 특히 그것들을 비교함으로써 나타난 결과를 간파했고, 그 전에는 약장수 취급을 받던 파라셀수스[277]가 그렇게 했다. 파라셀수스가 위대한 인물이 되기까지는 100년이 더 필요했다.

---

272 생체의 병증과 동일한 반응을 일으키는 약물에 의한 치료를 말한다.

273 퐁트넬은 「행복에 관하여」에서 이렇게 썼다. "행복하기를 바라는 사람은 가능한 한 축소되고 더욱 좁아진다. 그런 사람은 두 가지 특성을 가진다. 그는 장소를 거의 바꾸지 않고 그곳을 별로 차지하지도 않는다."

274 「맨프레드(Manfred)」는 바이런이 1817년에 간행한 극시이다.

275 시편 83편 13절.

276 얀 밥티스타 판 헬몬트(Jan Baptista van Helmont, 1579~1644)는 네덜란드의 연금술사, 화학자, 생리학자이다.

277 필리푸스 파라셀수스(Philippus Aureolus Paracelsus, 1493~1541)는 스위스의 연금술사이자 점성가, 의사이다.

위대함과 민첩함, 확고함, 인간의 사고력, 한마디로 천재성은,

소화의 움직임과

신체의 움직임과

음성의 움직임과 양립할 수 없다.

대식가, 무용수, 수다쟁이 들이 그것을 입증한다. 또한 피타고라스가 지시한 침묵[278]과 유명한 기하학자들, 황홀경에 빠진 사람들, 사상가들의 거의 변함없는 부동 상태, 지적 에너지가 넘치는 사람에게 필수적인 '절제'가 원칙적으로 그 점을 증명한다.

역사적으로 알렉산더 대왕의 천재성은 방탕 속에서 사라지고 말았다.[279] 마라톤의 승리를 알리려고 온 시민은 광장에서 목숨을 잃었다. 생각이 많은 사람들의 변함없는 간결함은 논쟁의 여지가 없다.

그러고 나서 또 다른 의견을 듣기 바란다.

나는 해부학의 대단한 성과와 의학적 인내심의 증거들, 파리 학파의 영광스러운 이름이 적힌 책을 펼쳐 본다. 나는 왕들에게서 시작하겠다.

왕족에 대한 수차례의 부검을 통해 타인에게 만사를 대신하게 하는 습관이 군주들의 몸을 타락시켰음이 입증되었다. 또한 그들의 골반은 여성화되었다. 부르봉 왕가 사람들이 몸

---

278 피타고라스가 만든 공동체의 초심자들은 5년 동안 침묵을 지키며 가르침을 받아야 했다.

279 알렉산더 대왕은 33세에 죽었다.

을 좌우로 흔들며 걷는 버릇은 여기에서 비롯되었다. 그 때문에 관찰자들이 인종의 타락을 언급한 것이다. 움직임의 결함 혹은 타락은 방사능 병변 같은 피해를 유발한다. 그런데 움직임의 모든 감퇴는 뇌에서 비롯된 모든 장애와 마찬가지로 결국 마비에 이르게 될 터다. 위대한 왕은 모두 움직이는 사람이었다. 율리우스 카이사르, 샤를마뉴, 성 루이, 앙리 4세, 나폴레옹이 그 사실을 분명히 증명한다.

우리는 자리에 앉아 일생을 보내야 하는 재판관들을 뭐라 말하기 어려운 거북스러움, 어깨의 움직임, 여러분에게 아무런 가치도 없는 판단 능력으로 알아볼 수 있다. 왜냐하면 그들은 특별한 일이 전혀 없어서 권태롭기 때문이다. 여러분이 그 이유를 알고 싶다면 그들을 관찰해 보기 바란다! 재판관 부류의 사람들은 사회적으로 말이 많고, 가장 빠르게 정신이 둔해지는 사람이다. 교육이 최고의 성과를 낳는 곳은 인간의 영역이 아니겠는가? 그런데 최근 500년간 교육은 몽테스키외와 재판장 브로스[280]라는 두 명의 위대한 인물밖에 배출하지 못했다. 그들은 단지 지명을 받고 사법 영역에서 일했을 뿐이다. 즉 한 사람은 그다지 오래 자리를 차지하지 못했고, 다른 한 사람은 순수하게 재치 있는 인물이었다. 로스피탈과 다그소[281]는 뛰어난 사람이었지만 천재는 아니었다. 지식인 중에서 앎을 행동하지 않는, 상반된 본성을 지닌 재판관들과 관료들은 누구보다도 먼저 '기계'가 된다. 사회

---

280 샤를 드 브로스(Charles de Brosses, 1709~1777)는 사법관이자 언어학자로 디드로와 달랑베르의 백과사전 편찬 작업에 참여했다.

281 미셸 드 로스피탈(Michel de L'Hospital, 1504~1573)과 앙리프랑수아 다그소(Henri-François d'Aguesseau, 1668~1751)는 모두 프랑스의 대법관이었다.

적 질서의 더 아래로 내려오면 무기력에 가까운 상태에서 움직임을 잃고 아무 일도 하지 않는 재단사처럼 앉은 문지기, 광신자, 노동자 들을 보게 되리라. 재판관이 살아가는 방식과 그들에게서 나타나는 습관은 우리의 법칙이 뛰어나다는 점을 보여 준다.

광기와 어리석음에 관심을 두었던 의사들의 연구는 인간 에너지의 가장 높은 표현인 '인간의 사고'가 하나의 휴식이라 할 수 있는 지나친 잠에 의해 완전히 지워짐을 입증하였다.

통찰력 있는 관찰은, 활동의 정지가 정신 기관에 장애를 가져온다는 사실을 밝힌다. 그것은 속설에 따른 일반적인 사실이다. 신체의 무기력은 뇌와 관련하여 지나치게 긴 수면이라는 결과를 가져온다. 여러분은 진부한 이야기를 한다고 나를 비난할 것이다. 모든 기관은 남용 혹은 사용 부족에 의해 소멸한다. 누구나 아는 사실이다.

너무나 강렬한 영혼의 표현이어서 많은 사람들이 영혼과 혼동하는 지능과 마찬가지로 인간의 기력[282]이 머리, 폐, 심장, 배, 다리에 동시에 존재할 수 없을까?

우리 몸의 특정 부분에서 우세한 움직임이 다른 부분의 움직임을 막지는 않는가?

무엇인지 모를 인간의 고유한 생각은 너무나 유동적이고 팽창적이어서, 요제프 같이 그 보고(寶庫)에 번호를 부여하고 라바터가 박식하게 그것의 지류를 드러내 보이지는 않았을까.

---

282 발자크는 인간의 기력을 의미하는 'via humana'를 '동물의 기'와 같은 뜻으로 사용했다.

그들 이전에 그와 같은 연구를 한 판 헬몬트, 부르하버,[283] 보르되[284]와 파라셀수스는 "인간에게는 세 가지 순환이 있다."라고 말했다. 즉 카르다노[285]가 '우리의 생기'라고 명명한 체액, 혈액, 신경 물질이 그것이다. 그래서 생각이 우리 몸의 다른 기관들을 감안하지 않고 한 기관에 애착을 보이면서 저속한 삶의 흐름을 따라가며 너무나 분명하게 거기에만 집중한다면 어떨까. 여러분은 먼저 생각의 흔적을 어린아이의 다리에서 발견하고, 그런 다음 청년기 동안 생각이 성장하여 인간의 마음을 차지하는 광경을 보게 되리라. 이어 25세에서 40세에 이르면 생각은 사람의 머릿속으로 들어가며, 나중에는 배 속으로 들어가는 과정을 목도하게 될 터다.

글쎄, 움직임 부족이 지적 능력을 약화시킨다면, 모든 휴식이 그 능력을 없앤다면, 에너지를 필요로 하는 인간은 왜 쉬고 침묵하면서, 고독 속에서 그것을 요구할까? 인간이자 신인 예수는 왜 용기를 얻고 수난을 견디기 위해 40일 동안 사막에 은거했는가? 왜 왕족과 재판관, 국장, 관리인은 어리석은 사람들이 되었는가? 어떻게 무용가, 미식가, 수다쟁이의 어리석음이 재단사에게 재능을 부여하고, 카롤링거 왕조를 타락에서 구원하는 요인이 되었단 말인가? 양립할 수 없는 두 개의

---

283 헤르만 부르하버(Hermann Boerhaave, 1668~1738)는 네덜란드의 의사이자 화학자, 식물학자이다. 임상 의학의 창시자로 평가받는다.

284 테오필 드 보르되(Théophile de Bordeu, 1722~1776)는 백과사전 집필자이자 루이 15세의 주치의였다. 생기론(生氣論)을 대표했으며 부르하버의 주장과 대립했다.

285 지롤라모 카르다노(Girolamo Cardano, 1501~1576)는 이탈리아의 점성술사이자 수학자, 철학자, 의사이다.

견해를 어떻게 일치시킬 것인가?

　　우리 본성에서 아직 알려지지 않은 조건들을 검토해 볼 필요가 있지 않을까? 움직임이 득이 되거나 해가 되는 정확한 지점을 알기 위해, 우리의 지능 기관과 운동 기관을 지배하는 정확한 법칙들을 열정적으로 연구해 볼 수 있지 않을까? '만사에는 그 나름대로의 분수가 있다.'라는 말을 인용하면서 모든 것을 해명했다고 생각하는 부르주아와 바보들이 있다. 여러분은 내게서 물질적이거나 과도한 정신의 움직임 없이 얻은 성과를 발견할 수 있을까? 위인들 중에서 샤를마뉴와 볼테르는 극히 예외적인 경우이다. 그들만이 그들 시대를 이끌며 장수했다. 모든 인간사를 파고 들어가 보면 여러분은, 생명을 만들지만 과학에 의해 모든 형식이 부정되는, 두 가지 힘의 무서운 대립을 발견할 것이다. 우리의 과학적인 시도에서 영속적인 제사(題詞)란 아무것도 없다.

　　많은 진척이 이루어졌다. 문을 열거나 닫는 모습을 살펴보면 우리는 여전히 작은 방 안에 있는 미치광이와 같다. 내 생각에 삶이나 죽음도 마찬가지이다. 솔로몬과 라블레는 놀라운 천재이다. 한 사람은 '모든 것이 헛되도다!'라고 말했다. 또한 그는 300명의 여자를 거느렸지만 아이를 두지 못했다.[286] 다른 한 사람은 모든 사회 관습을 섭렵했고, 결론적으로 술병을 앞에 두고 "마셔라, 웃어라."라고 말했을 뿐, "걸어라!"라고 말하지는 않았다.[287]

---

286 "모든 것이 헛되도다!(OMNIA VANITAS)"는 전도서 1장 2절에 나오는 솔로몬 왕의 말이다. 열왕기 상 14장 21절에 따르면 그는 700명의 아내와 300명의 첩을 두었지만 '르호보암'이라는 아들 하나만을 얻었다.

287 프랑수아 라블레의 『제5서(Cinquième Livre)』에서 팡타그뤼엘은 술병의 신탁

"인간이 인생에서 디딘 첫걸음은 무덤을 향한 첫걸음이기도 하다."[288]라고 말한 사람은 찬사를 받을지어다. 앙리 모니에가 대단한 진실을, 즉 "인간을 사회에서 떼어 놓으시오. 그를 격리하시오."[289]라고 폭로하면서 근사하게 그려 낸 인물에 대해 내가 찬탄하였듯이 말이다.

을 들으러 떠난 뒤 "마셔라!"라는 계시를 받는다.

288 프랑스의 시인 장 밥티스트 루소(Jean Baptiste Rousseau, 1669~1741)의 「오드 XIII」에서 인용한 문장이다.

289 풍자화가 앙리 모니에가 프뤼돔 씨라는 인물을 통해 한 말이다.

현대의 자극제론

| 문제 제기

약 200년 전에 발견되어 인체 구조 속에 들어온 다섯 가지 물질은 불과 몇 년 전부터 너무나 엄청나게 흡입되고 있는 탓에 현대 사회가 헤아릴 수 없는 방식으로 바뀐 듯하다.

그 다섯 가지 물질은 다음과 같다.

첫 번째 물질은 증류주 혹은 알코올이다. 이 물질은 모든 주류의 기반으로 노년의 한기를 데우기 위해 만들어졌다. 이 물질의 출현 일자는 루이 14세 통치 기간의 마지막 해까지 거슬러 올라간다.

두 번째 물질은 설탕이다. 이 물질은 프랑스 산업이 대량으로 생산할 수 있게 되었고, 세무서에서 세금을 부과하려고 호시탐탐 노렸음에도 불구하고 가격이 더 떨어진 덕분에 최근 서민들의 식료품이 되었다.

세 번째 물질은 차(茶)이다. 이 물질은 50년 전부터 알려졌다.

네 번째 물질은 커피이다. 이 물질은 아랍인들에 의해 아주 오래전에 발견됐다고 하지만 유럽에서 이 자극제를 많이 사용하기 시작한 때는 18세기 중반 이후의 일이다.

다섯 번째 물질은 담배이다. 프랑스에서 흡연을 위한 담배의 사용이 일반화되고 잦아진 때는 평화기[290] 이후의 일이다.

우선 가장 고차원적인 관점에서 이 문제를 검토해 보기로 하자.

인간 에너지의 어떤 부분은 욕구에 대한 만족에 깊이 빠져든다. 그 결과가 바로 감각인데, 그것은 쾌락이라고 불리며 기질과 환경에 따라 변하기 쉽다. 신체 기관은 쾌락의 중개자이다. 거의 모든 기관은 두 가지 목적을 가진다. 각 기관은 물질을 파악하고, 몸은 그것들을 혼합하여 그 전부 혹은 부분을 어떤 형태로든 공동의 저장소인 땅이나, 모든 피조물들이 새롭게 창조성을 끌어내는 무기고인 공기 속으로 돌려보낸다. 이 간략한 말이 인간 생명의 내적 변화를 함축한다.

학자들은 공식 자체를 파고들지 않을 것이다. 여러분은

---

290 루이 14세 치세를 가리키는 듯하다.

감각을 발견하지 못할 테지만 감각이 변화시킨 신체의 어떤 부위, 문서에 기록된 정보와는 다른 신체의 모든 기관을 이해해야만 한다. 모든 남용은, 인간이 자연에 의해 공포된 통상적인 법칙을 넘어 '끊임없이 얻고자 하는 쾌락'에서 비롯된다. 인간의 힘은 덜 분주할수록 더 남용되는 경향이 있다. 이런 생각은 인간으로 하여금 힘을 어찌할 수 없을 정도로 남용하게 한다.

격언 1 사회적 인간에게 삶은 더 많이 누리면서 더 적게 소진하는 것이다.

그 결과 사회는 문명화되고 평온할수록 더욱 남용의 길로 접어든다. 평화는 어떤 개인에게는 해로운 상태이다. 나폴레옹이 "전쟁은 자연 상태이다."라고 말한 것은 그런 이유 때문이리라.

모든 쾌락의 메커니즘은 이러하다. 이를테면 어떤 물질이되었건 그것을 흡수하고 분해하고 소화해서 배출하거나 다시 생성하기 위해, 인간은 힘의 전체나 일부를 사랑받는 쾌락의 중개자, 즉 어떤 기관 또는 조직 들 속으로 보낸다.

자연은 모든 기관이 동일한 비율로 생명에 참여하기를 원한다. 사회가 이런저런 쾌락에 대한 사람들의 갈망을 키우는 동안 ── 쾌락에 대한 만족감은 어떤 기관에 본래 부여된 것보다 더 많은 힘을, 종종 모든 힘을 전한다. ── 기관을 유지하는 지류(支流)들은, 쾌락을 즐기는 기관들이 취하는 바에 상응해서 그만큼 다른 기관들을 황폐하게 한다. 그로 말미암아 각종 질환이 생기고, 결국 생명이 단축된다. 이 이론은 사실에 기초한 모든 이론들과 마찬가지로 확실히 공포감을 주는데, 근거 없이 발표된 내용은 아니다.

지속적인 지적 작업을 통해 뇌에 생명력을 불러일으켜 보라. 그러면 뇌에서 살아난 힘이 섬세한 뇌막을 확장시키며 골수를 풍부하게 할 것이다. 하지만 그 힘은 뇌의 중간층을 너무나 텅 비게 하므로, 천재는 의학이 불감증이라고 정확히 명명한 질병을 얻게 되리라.

반대로 대단히 매력적인 여인들이 앉은 긴 의자 아래서 삶을 즐겨 보라. 여러분은 대담하게 사랑에 빠지고, 승복(僧服)을 벗어던진 수도사가 될 터다. 지능은 고차원의 이해력 영역에서 작용할 수 없다. 진짜 힘은 지능과 이해력의 과잉 사이에 있다. 지적인 삶과 사랑에 쉽게 빠지는 삶을 동시에 살 때, 천재는 라파엘로와 바이런 경처럼 죽게 된다.

사람은 과로 탓에 죽지만 방탕함으로도 죽는다. 하지만 그런 종류의 죽음은 극히 드물다. 담배와 커피, 아편과 증류주의 남용은 심각한 타락을 야기하고, 때 이른 죽음을 유발한다. 한없이 자극을 받고 끊임없이 영양을 공급받는 기관은 비대해진다. 그런 기관은 비정상적 과잉으로 고통을 겪고 몸을 망치고 궤멸하기 마련이다.

근대법에 따라 누구나 다른 사람의 지배를 받지 않고 자유롭게 산다. 하지만 이 글을 읽는 피선거권자들과 프롤레타리아들이 예인선의 굴뚝처럼 담배를 피우거나 알렉산더 대왕처럼 술을 마시면서 자기 스스로에게만 해를 끼칠 뿐이라고 생각한다면 큰 잘못이다. 그들은 인류를 변질시키고 세대를 타락시켜서 끝내 나라를 파괴한다. 한 세대에게는 다른 세대를 약화시킬 권리가 없다.

격언 2 음식은 생식(生殖)이다.

여러분의 식당에 이 격언을 황금색으로 새겨 넣기 바란다. 브리야사바랭이 감각, 즉 생식의 감각에 관한 전문 용어를 학문 영역에서 자주 사용하기를 요구한 뒤, 인간 생명력의 조건을 바꿀 수 있는 물질과 인간 생산물의 관계를 알아차리지 못한 점은 이상한 일이다. 그의 책에서 다음과 같은 격언을 읽고서 내가 어찌 기쁘지 않을 수 있었겠는가.

격언 3 생선은 소녀를 만들고 푸줏간은 소년을 만든다.

한 민족의 운명은 그 민족의 음식과 식이 요법에 달려 있다. 곡식은 미적 감각이 뛰어난 민족을 만든다. 증류주는 인디언 부족을 죽였다. 나는 러시아 민족을, 술로 스스로를 지탱하는 귀족 계급이라고 부른다. 초콜릿의 남용이 스페인 민족의 타락과 관련이 없다고 누가 말할 수 있는가? 초콜릿이 발견되었을 때 그들은 로마 제국의 운명을 되풀이할 운명이었다. 담배는 이미 터키인과 네덜란드인을 벌했고, 독일인을 위협하고 있다. 그들의 허영심과 애인, 재산을 공익이라 하면 모를까, 대개 공익보다 사리사욕 때문에 더 바쁜 정치인들은 담배와 설탕, 밀을 대체한 감자와 증류주 등의 남용으로 프랑스가 어떤 운명에 처할지 짐작도 못 하고 있다.

모든 세대와 그 시대의 풍속을 단적으로 보여 주는, 지금
의 위대한 인물들과 지난 시대 사람들의 얼굴 윤곽과 색조에
어떤 차이가 있는지 보기 바란다! 오늘날 우리는 빈약한 습작
을 만든 뒤 지쳐서 온갖 재능을 허비해 버리는 경우를 얼마나
많이 보았는가? 우리 조상은 현시대의 이런 보잘것없는 의지
를 만들어 낸 사람들이다.

런던에서의 한 경험이, 우리가 앞으로 다루려는 문제를
파악하게 해 주었다. 그 진실성은, 믿을 만한 학자와 정치인
두 사람이 보장한다.

영국 정부는 동인도 회사에 사형수 세 명의 목숨을 마음
대로 처분할 권리를 주었다. 동인도 회사는 사형수들에게 선
택권을 주었는데, 영국에서 흔히 사용하는 방식에 따라 교수
형에 처해지든지, 아니면 각각 차와 커피, 코코아만 마시며 살
아야 한다는 것이었다. 어떤 방식으로든 다른 음식을 먹거나
다른 음료를 마셔서는 안 된다. 이 우스꽝스러운 제안은 받아
들여졌다. 어떤 사형수라도 같은 선택을 했을 것이다. 각자 음
식을 선택할 기회가 있었으므로 사형수들은 제비를 뽑았다.

코코아만 마신 사람은 8개월 후에 죽었다.

커피만 마신 사람은 2년을 살았다.

차만 마신 사람은 3년 후에 죽었다.

나는 동인도 회사가 상업적 호기심에서 그런 실험을 요구했으리라 추측한다.

코코아만 마신 사람은 벌레들에게 파먹힌 채 끔찍하게 부패해서 죽었다. 사지는 스페인 왕국의 영토처럼 하나씩 떨어져 나갔다.

커피만 마신 사람은 고모라의 불에 몸이 검게 그을린 듯타 죽었다. 그의 시신은 석회로 만들 수도 있을 것 같았다. 물론 실험 결과는 영혼의 불멸성을 입증하는 바와는 다르게 나타났다.

차만 마신 사람은 마르고 파리해졌다. 그는 초롱과 같은 상태로 쇠약해져서 죽었다. 그의 시신은 몸속까지 분명하게 꿰뚫어 볼 수 있을 정도였다. 어떤 자선가는 시신에 비치는 빛으로 《타임스(The Times)》를 읽었다. 이보다 더 괴팍한 시도는 영국의 예절이 허용하지 않았다.

나는 사형수를 단두대에서 난폭하게 처형하는 대신, 그를 실험에 이용하는 것이 얼마나 박애적인 처사인지 설득해야 했다. 사람들은 이미 해부실의 시랍(屍蠟)[291]으로 초를 만들고 있

---

291 시신의 체지방이 혐기성 세균에 의해 가수 분해되어 만들어지는 밀랍과 유사한
물질을 말한다.

으니, 우리는 이 같은 훌륭한 기회를 놓쳐서는 안 된다. 그런 이유로 사형수들은 사형 집행인 대신 학자들에게 넘겨졌다.

설탕에 관한 또 다른 본보기는 프랑스에서 찾아볼 수 있다.

마장디 씨는 개들을 오직 설탕만 먹여서 길렀다. 그 결과, 끔찍하게도 인간의 훌륭한 친구인 개들은 죽음을 면하지 못했고, 이 얘기는 곧 출간되었다. 개들은 인간의 악덕을 나누어 먹었다.(개들은 놀이를 즐기는 사람과 같다.) 하지만 우리는 여전히 아무것도 알 수 없다.

‖ 증류주에 대하여

포도는, 대기의 영향에 의한 요인들 사이에서 일어나는 새로운 작용, 즉 발효의 법칙을 처음으로 보여 주었다. 발효를 통한 변화는 증류로 얻어지는 알코올을 함유하고, 그 후 화학 작용이 수많은 식물학적 생산물 속에서 새로운 작용을 일으킨다. 이 작용의 직접 생산물인 포도주는 가장 오래된 자극제이다. 누구에게나 신분과 공로에 합당한 예우를 해야 하듯이 포도주도 최고의 산물로 여겨져야 한다. 더구나 포도주의 주정(酒精)은 오늘날 가장 많은 사람들을 말살하는 알코올이다. 사람들은 콜레라를 두려워하지만[292] 증류주야말로 정말이지 또 다른 재앙이다!

292 1832년, 전염병이 창궐했던 시기를 암시한다.

새벽 2시에서 5시 사이, 파리의 그랜드 홀 근처에서 증류주 제조인들의 단골손님들이 장식 융단 물결을 이루며 지나가는 광경을 지켜본 적 없는 한량이 있을까? 그들의 더러운 가게들은, 기꺼이 몸을 망치러 온 손님들을 맞이하는 런던의 웅장한 사교 클럽들과는 거리가 먼데도, 동일한 결과를 초래한다. 장식 융단은 완곡한 표현이다. 누더기 옷과 그들 얼굴은 너무나 잘 어울려서, 누더기 옷이 어디서 끝나고 몸이 어디서 시작하며 모자는 어디에 있고 코는 어디에 있는지 파악할 수 없다. 그들의 얼굴은 증류주 탓에 바보가 되어 허약하고 퀭하고 누렇게 떠 있거나 창백하며, 흉측한 사람들이나 걸치는 누더기보다도 대체로 더 더럽다. 우리는 파리의 끔찍한 부랑아들을 만들어 냈거나 그런 역겨운 사회적 비용을 발생시킨 책임을 술주정뱅이들에게 돌린다. 주로 노동자인 그 초라한 사람들은 술집 카운터에서 쏟아져 나온다. 그리고 파리의 아가씨들 대부분은 독주를 과하게 마신 탓에 죽었다.

관찰자로서 도취의 결과들을 모른 체하는 일은 옳지 않다. 나는 사람들을 매혹시킨, 정확히는 셰리든[293] 이후 바이런 등을 매혹한 즐거움에 대해 연구해야 했다. 그것은 어려운 일이었다. 나는 커피를 마시는 오랜 습관 덕분에 뜻하지 않은 공격에도 마음의 준비가 되어 있고 술 대신 물만 마시는 사람이지만, 포도주는 내 위의 능력으로 충분히 흡수할 수 있고, 내게 전혀 영향을 미치지 못한다. 나는 돈이 많이 드는 손님

---

293 리처드 브린슬리 셰리든(Richard Brinsley Sheridan, 1751~1816)은 아일랜드 출신의 정치가이자 드라마 작가이다.

이다.

내 친구 중 한 사람은 그 사실을 알고 그런 평판을 깨뜨리고자 했다. 나는 담배를 피운 적이 없었다. 그가 장차 얻을 승리는 '미지의 신들'에게 바치는 나의 첫 수확물[294]을 앞두고 확고해졌다. 1822년 이탈리아 극단에서 지내던 어느 날, 디저트를 먹은 뒤 긴 의자 앉아 곁눈질을 하던 내 친구가 로시니, 친티,[295] 보르도니[296]의 음악을 잊게 하려는 기대 속에서 내게 도전해 왔다. 17개의 빈 술병이 그의 실패를 보여 주었다. 그는 나에게 시가 두 개비를 피우도록 강요했고, 나는 계단을 내려가면서 담배가 내게 영향을 미쳤음을 깨달았다. 생기 없고 부자연스러운 발걸음을 알아차린 것이다. 나는 상당히 절도 있고 위엄 있으면서도 영광스럽게, 하지만 별로 말할 기분은 아닌 채 마차에 올랐다.

마차에서 나는 큰 화덕 속에 있는 것 같아 창문을 내렸는데, 술꾼들의 표현을 빌리자면, 공기가 끝내 나를 '때리고' 말았다. 나는 자연 속에서 밀려오는 경이를 느꼈다. 내게는 부퐁 극단의 계단이 다른 계단보다 훨씬 더 부드럽게 물결치는 것 같았다. 기어코 나는 내 발코니석에 앉는 데 성공했다. 나는 옷차림과 얼굴이 여전히 분간되지 않는 눈부신 회중 한가운데서 감히 내가 파리에 있다고 주장하지 못했으리라. 내 영혼

---

294 발자크는 1830년에 발표한 환상 소설 「영생의 묘약」에서 해당 작품을 미지의 신들에게 바쳤다.

295 라우레 친티 다모로(Laure Cinti Damoreau, 1801~1863)는 뛰어난 소프라노였으며 로시니의 「모세」에서 두각을 나타냈다.

296 마르코 보르도니(Marco Bordogni, 1789~1856)는 이탈리아 극장의 제1 테너였고 로시니의 「도둑 까치」에서 자네토 역할을 맡았다.

에는 생기가 없었다.

로시니의 「도둑 까치」 서곡은 황홀경에 빠진 여자의 귓가에 울리는, 하늘에서 내려온 환상적인 소리처럼 들렸다. 음악이 반짝이는 구름 사이로 나에게 이르렀는데, 그 악절은 불완전하게 만들어진 여느 작품들과는 완전히 달랐고, 예술가의 감성이 완전무결하게 구성해 놓은 것들로 가득 차 있었다. 오케스트라는 마치 움직임도 기교도 파악할 수 없을 만큼 무심히 연주하는 거대한 악기처럼 보였다. 나는 저음 악기의 손잡이, 이리저리 움직이는 활, 트롬본의 황금빛 곡면, 클라리넷, 오로지 악기들의 반짝임만을 보았고 사람들은 전혀 보지 못했다. 분을 바른, 움직임 없는 한두 개의 머리와 온통 찡그린 두 명의 거만한 인물이 나를 불안하게 할 뿐이었다. 나는 반쯤 잠들어 있었다.

"저 신사에게서 술 냄새가 나요." 어떤 부인이 낮은 목소리로 말했다. 그녀의 모자는 종종 내 뺨을 스쳤고 나도 모르는 사이에 내 뺨도 그녀의 모자를 스쳤다.

나는 정신이 없었음을 털어놓는다.

"아닙니다, 부인. 제게서는 음악이 느껴집니다." 내가 대답했다.

나는 몸을 꽤 똑바로 유지한 채 대수롭지 않은 듯 무심하고 조용하게 빠져나왔지만 그녀의 비난처럼 뛰어난 천재를 괴롭혔을지도 모른다는 두려움을 실감했기에 곧장 물러섰다.

나는 원래 지나칠 정도로 술을 마실 수 없고, 내게서 나는 술 냄새는 보통의 생활 습관과 무관한 뜻밖의 일이라는 사실을 그 부인에게 증명하기 위해, 나는…… 공작 부인의 칸막이 좌석으로 갈 계획을 세웠다.(그녀에게는 비밀로 해 두자.) 나는 깃털 장식과 레이스로 너무나 독특하게 둘러싸인 그 부인의 아름다운 얼굴을 보고, 그 굉장한 머리 맵시가 진짜인지 혹은 내가 몇 시간 동안 사로잡혀 있던 특별한 환상 때문인지 밝혀내려는 욕구에 의해 그녀에게로 이끌려 갔다.

나는 대단히 우아한 귀부인과 지나치게 아양을 떨고 얌전을 빼는 그녀의 여자 친구 사이에 앉아 있으면 누구도 내가 얼근히 취했다는 사실을 의심하지 않으리라고 생각했다. 사람들은 아마 내가 두 여자 사이에 있을 만큼 상당히 중요한 인물이라고 여겼으리라.

하지만 나는 그 칸막이 좌석의 빌어먹을 문을 찾지 못해서 이탈리아 극단의 한없이 긴 회랑을 여전히 헤매고 다니다가 공연을 보고 나온 관객들에게 밀려 벽에 부딪쳤다. 그날 밤은, 물론 내 인생에서 가장 시적인 밤 중 하나였다. 나는 어느 시대에도 그만큼의 깃털 장식과 레이스, 그토록 예쁜 여자들, 호기심 많은 사람들과 연인들이 칸막이 좌석 내부를 살피려고 들여다보는 작은 타원형 유리창들을 본 적이 없었다. 나는 결코 그 정도로 기력을 쏟은 적도, 그만큼의 정신력을 발휘한 적도 없었다. 자존심에 불과한 고집이었다고 말할 수도 있으리라. 당시 발돋음을 하고 상냥한 미소를 지어야 했던 내 인내심에 비하면, 벨기에 문제와 관련한 네덜란드 빌럼 1세의 완고함은 아무것도 아니었으리라.[297] 그렇지만 울분에 휘둘리는 나약함 때문에 나는 네덜란드 왕보다 못한 위치에 놓였다. 그리고 나서 나는, 내가 공작 부인과 부인의 친구 사이에 다시 나타나지 않았더라면, 공연히 추태를 보이지 않았으리라 생각하면서 몹시 불쾌한 기분에 사로잡혔다. 하지만 나는 그런 인간들 모두를 무시하면서 위안을 삼았다.

그럼에도 불구하고 내가 틀렸다. 그날 저녁 부퐁 극장에는 상류층 인사들이 있었다. 모두들 내게 친절했고 내가 지나갈 수 있도록 비켜섰다. 마침내 상당히 아름다운 부인 한 사람이 내가 바깥으로 나갈 수 있도록 도와주었다. 그런 공손함은 로시니가 내게 보여 준 최고의 배려 덕분이었다. 부인은 내게 듣기 좋은 말을 몇 마디 했는데, 나는 그 내용을 기억하지 못하지만 대단히 재치 있는 말이었을 것이다. 그녀의 이야기는 음악과도 같았다. 내 생각에 그 부인은 공작 부인이거나 극장 안내원이었을 것이다. 기억이 너무나 흐릿하지만, 아마도 공작 부인이라기보다는 극장 안내원이었으리라. 그런데 그녀는 장식 깃털과 레이스로 치장하고 있었다! 어쨌든 깃털 장식과 레이스가 있었다는 말이다!

기분 상하는 일이지만 마부는 나와 비슷한 처지였다. 그는 이탈리아 광장에서 혼자 잠들어 있었고, 이처럼 우스꽝스러운 이유 때문에 그 마차를 타야만 했다. 비가 거세게 내렸는데 비를 맞았는지 기억나지 않는다. 난생처음으로 나는 세상에서 가장 강렬하고 환상적인 쾌락 중 하나를 맛보았다. 그것

---

297 1831년 4월, 빌럼 1세는 네덜란드 군대의 지휘권을 잡고 벨기에를 침략하여 몇 차례 승리를 거두었지만 프랑스의 개입으로 철수해야 했다.

은 수많은 상점들, 빛들, 간판들, 얼굴들, 사람들의 무리, 우산 쓴 여인들, 조명을 환상적으로 밝힌 길모퉁이와 어두운 광장들을 바라보면서, 또 강한 소나기 사이로 대낮에 봤음 직하다고 착각하게 하는 수많은 것들을 지켜보면서 느끼는 형용할 수 없는 황홀감이자 저녁 10시 반에 파리를 지나가며 느끼는 희열이었고 가로등 사이에서 문득 사로잡힌 즐거움이었다. 제과점 안에서도 여전히 같은 깃털 장식과 레이스 장식이 어른거렸다.

그때부터 나는 도취의 쾌락을 느꼈다. 도취는 실제 삶을 가렸고 고통과 슬픔에 대한 인식을 소멸시켰으며 무거운 생각을 버리게 해 주었다. 그래서 얼마나 많은 위대한 천재들이 그것을 이용했는지, 사람들이 왜 그것에 빠지는지 이해한다. 술은 뇌에 활력을 주는 대신 뇌를 둔하게 한다. 술은 위의 반응을 정신력 쪽으로 자극하는 대신, 한 병을 다 비운 뒤에는 시신경을 둔하게 하고 관(管)을 포화 상태로 만들고 미각의 제 역할을 가로막는다. 술꾼이 질 좋은 술을 구분하기란 불가능하다. 알코올은 흡수되고 부분적으로 피로 흘러든다. 그러니 여러분의 기억 중에서 다음과 같은 격언을 생각해 보기 바란다.

격언 4 도취는 일시적인 중독이다.

이와 같이 알코올은 끊임없이 반복되는 중독을 통해 결국 혈액의 특성을 바꾸어 놓는다. 그것은 혈액의 성분을 빼앗거나 그것을 변질시킴으로써 혈행을 손상시킨다. 또한 그것은 혈액을 너무나 혼탁하게 만들어서 대부분의 술꾼들로 하여금 생식 능력을 잃게 하거나 신체를 망쳐서 결국 뇌수종 환자가 되게 한다. 술 마신 다음 날이나 통음난무 끝에 술꾼들이 종종 타는 듯한 갈증을 느낀다는 사실을 잊지 말기 바란다. 위액의 분비와 그 중심을 이루는 타액의 분비가 유발한 갈증은 우리의 결론이 올바르다는 점을 증명할 것이다.

Ⅲ 커피에 대하여

브리야사바랭은 이 물질을 전혀 완벽하게 파악하지 못했다. 나는 그가 커피에 대해 언급한 내용에, 내가 그것의 효과를 광범위하게 관찰하기 위해서 사용한 몇 가지 방법을 덧붙일 수 있었다. 커피는 속을 볶는다. 많은 사람들이 커피를 정신의 각성과 동일시한다. 하지만 권태를 느끼는 사람은 커피를 마시면 훨씬 더 깊은 권태를 느낀다는 사실이 확인되었다. 이를테면 파리의 식료품상들이 자정까지 가게 문을 열더라도 작가들은 단지 커피 덕분에 더 재치 있어지지는 않는다.

브리야사바랭이 상당히 잘 관찰했듯이 커피는 피를 돌게 하고 정신에 활력을 준다. 커피는 소화를 촉진시키고 잠을 쫓으며 상당히 오랫동안 뇌의 능력을 활성화시키는 자극제이다.

나는 브리야사바랭의 글을 개인적 경험과 몇몇 대가들의 견해를 통해 감히 수정하겠다.

커피는 횡격막과 위의 신경총에 영향을 미친다. 그곳에서 커피는 일체의 분석이 미치지 않고 헤아릴 수 없는 방사(放射)를 통해 뇌에 다다른다. 그럼에도 불구하고 혈액 순환을 추동하는 기운인 심기(心氣)는 그 물질이 — 전기는 우리 몸에서 그 물질을 찾아내거나 활동하게 한다. — 방출하는 전기의 전도체로 추정된다. 커피의 힘은 지속적이지도 절대적이지도 않다. 로시니도 내가 느꼈던 효과를 이미 감지했다.

"커피는 보름 혹은 20일 동안의 일거리이다. 오페라를 만들기 위해서는 천만다행인 시간이다." 그가 나에게 말했다.

사실이다. 하지만 커피의 혜택을 누릴 수 있는 시간은 더 늘어날 수 있다. 많은 사람들에게 이런 과학적 정보는 너무나 절실하므로 우리는 그 같은 소중한 성과를 얻어 내는 방법을 세세하게 기술하지 않을 수 없다.

기꺼이 자신의 머리부터 온몸을 불태우는 눈부신 인간 양초인 여러분 모두는 밤을 새고 정신노동을 하여 복음서와 친해지고 거기에 귀를 기울인다.

1 터키식으로 분쇄한 커피는 제분기에서 가루로 만든 커피보다 더 풍미가 있다.

쾌락의 활용에 관한 여러 무의식적인 영역 속에서 동양인은 유럽인보다 더 우월하다. 그들은 두 개의 태양 같은 황금 눈으로 자연을 관조하고, 여러 해 동안 구덩이에 머물면서 두

꺼비처럼 관찰하는 타고난 능력을 통해 우리가 과학 분석으로 증명해 낸 사실을 밝혀냈다.

커피의 해로운 성분은, 화학자들이 아직 충분히 연구하지 않은 유해 물질인 타닌이다. 타닌이 위벽에 작용하거나 지나친 음용에 따라 커피 고유의 타닌 작용이 위벽을 마비시키면, 위벽은 노동자들이 원하는 정신적 긴장을 허용하지 않는다. 그래서 계속 커피를 마시는 애호가들에게서 심각한 장애가 나타나는 것이다. 런던에는 무절제한 커피의 음용으로 통풍에 걸려 관절이 굳은 노인처럼 심각한 고통에 시달리는 사람이 있다.[298] 나는 커피 중독에서 벗어난 지 5년이 된 조각가를 알았다. 최근 그 예술가, 슈나바르[299]는 결국 타 죽었다. 그는 노동자가 선술집에 들어가듯이 항상 커피를 마셨다. 애호가들은 온갖 열정에 사로잡힌 듯 행동한다. 그들은 한 단계에서 다른 단계로 넘어가고, '니콜레의 극장처럼 나날이 발전하여'[300] 남용에까지 이른다. 여러분은 커피를 분쇄하여, 타닌만 남기고 풍미는 없애 버린, 이상한 형태로 섭취한다. 그런 이유에서 이탈리아인, 베네치아인, 그리스인, 터키인 들은 우리와 달리, 즉 프랑스인들이 경멸하는 '묽은 커피'를 계속해서 마실 수 있었다. 볼테르는 그런 커피를 마셨다.

그러니 이 점을 기억하기 바란다. 커피에는 두 가지 성분

---

298 브리야사바랭의 저서 『미식 예찬』에 나오는 사례이다.

299 클로드 에메 슈나바르(Claude Aime Chenavard, 1798~1838)는 프랑스 리옹 출신의 실내 장식 조각가였다.

300 장밥티스트 니콜레(Jean-Baptiste Nicolet, 1728~1796)는 줄타기 곡예사이자 순회 극단 기획자로서 성공을 거두었다. 오늘날까지 '니콜레의 극장처럼 나날이 발전하여'라는 표현은 관용구로 남아 있다.

이 있다. 하나는 온수나 냉수에 빠르게 용해되고 또 추출되는 물질로, 향기의 전도체이다. 다른 하나는 타닌인데 물에 더 오래 견디고 유두륜(乳頭輪) 조직[301]을 천천히, 그리고 고통스럽게 망가트릴 뿐이다. 그래서 다음과 같은 격언이 나왔다.

격언 5 커피를 끓는 물에 오랫동안 우려내는 일은 관습에 어긋난다. 포도주 찌꺼기로 커피를 만든다면 타닌으로 위와 다른 신체 기관을 망치는 짓이다.

2 뒤 벨루아(du Belloy)가 아닌 드 벨루아(de Belloy) 방식,[302] 이른바 불멸의 커피포트로 제조한 커피를 예로 들면(드 벨루아는 벨루아 후작의 사촌이자 대단히 유서 깊고 유명한 가문 출신의 추기경이었으므로, 우리는 그가 이 추출 방법을 고안해 냈으리라 생각한다.), 커피는 끓는 물에 우려내는 것보다 찬물에 우려내는 편이 더 효과적이다. 그것은 커피의 효과를 증대시키는 두 번째 방식이다.

커피를 가루로 만들면 향과 타닌을 동시에 추출해서 미각을 즐겁게 하고, 수많은 뇌막에 영향을 미치는 신경총을 자극할 수 있다.

이처럼 커피 제조 방식에는 터키식 분쇄 커피와 (프랑스

301 위 점막을 가리킨다.
302 장밥티스트 드 벨루아(Jean-Baptiste de Belloy, 1709~1808)는 파리 대주교이자 추기경이었다. 그는 1800년 상하 2단으로 된 드립 포트를 최초로 고안했다. 이 드립 포트는 상부의 금속 필터를 통해 하부로 액체를 내리는 구조다.

식) 분말 커피, 두 가지 정도가 있다.

3 커피의 농도는 물의 양과 커피포트 상부 용기에 커피를 얼마큼 넣느냐에 달려 있다. 이것이 커피를 다루는 세 번째 방법이다.

여러분은 최대 한두 주라는 적잖은 시간 동안, 끓는 물에 우려낸 분쇄 커피 한 잔, 그다음에는 두 잔으로 자극을 얻을 수 있다.

첫 주 동안은 찬물에 우려내고, 커피를 빻거나 가루를 압착하고 물을 줄임으로써 더욱 뇌의 활력을 얻을 수 있다.

가장 적은 물로 가장 강한 압착에 이르렀을 때, 여러분은 두 잔을 마심으로써 커피의 양을 두 배로 늘린다. 왕성한 기질의 사람이라면 세 잔까지 마신다. 그렇게 며칠을 더 버틸 수 있다.

마침내 끔찍하고 잔인한 방법을 발견했는데, 나는 이 방법을 루이 15세 광장[303]의 사람들처럼 뻣뻣하고 검은 머리에 황갈색과 주홍색이 섞인 피부, 각이 진 손과 난간 살 모양의 다리를 지닌, 지나치게 기운 넘치는 사람들에게만 권하고자 한다. 바로 공복에 아주 적은 양의 차가운 물로 압착한 분말 커피를 마시는 방법이다. 이 커피는, 여러분도 브리야사바랭

303 파리의 콩코르드 광장을 말한다.

을 통해 알고 있듯이, 정맥과 유두 모양의 작은 돌기로 뒤덮인 부드러운 주머니, 즉 위 속으로 달려든다. 커피는 위 속에서 아무것에도 막힘 없이 쾌락을 좇는 예민한 신체 내부를 공격하며, 체액을 갈망하는 일종의 자양물이 된다. 커피는 신을 부르는 무녀처럼 체액을 쥐어짜며 간청하고, 어린 말들을 가혹하게 다루는 짐수레꾼처럼 섬세한 내벽을 난폭하게 다룬다. 신경총은 불붙어서 타오르고, 그 불티를 뇌에까지 전한다. 그때부터 모든 것이 동요한다. 생각은 전쟁터의 대규모 군대처럼 움직이기 시작하고 이윽고 전투가 일어난다. 기억이 빠르게 떠오르고 깃발은 나부낀다. '비유'라는 경기병은 멋진 구보로 나아간다. '논리'라는 포병은 수송 부대, 탄약통과 함께 급히 온다. '기지 넘치는 언행'이 여럿으로 흩어져 돌진하고, '수사'가 떠오른다. 원고는 잉크투성이다. 왜냐하면 폭약이 사용된 전투처럼 글도 전날 시작되어 먹물을 쏟아 낸 뒤에야 끝나기 때문이다. 나는 그렇게 제조한 커피를, 내일까지 정해진 일을 꼭 해내야 하는 내 친구 중 한 사람에게 권했다. 그는 중독됐다고 느꼈는지 다시 쓰러졌고 신부처럼 몸져누웠다. 그는 키가 크고 성긴 금발을 가졌으나, 위는 얇고 딱딱한 종이 같았다. 나로서는 충분히 경고하지 못했다.

여러분이 공복에 최상급의 유제품을 넣은 커피를 전부 마시고서도 더 마시고자 한다면 끔찍하게 많은 땀을 흘리게 되고, 신경성 무기력과 반수면 상태에 빠지게 되리라. 이제 나는 무슨 일이 일어날지 알지 못한다. 왜냐하면 현명한 본성이 내가 즉사할 작정이 아니라면 절제하라고 조언했기 때문이다. 그래서 유가공품, 닭고기 식이 요법, 흰 살코기 섭취 습관을 들여야 한다. 또 긴장을 풀고 여유롭고 우직한 삶 속에서 여행을 다니는, 마치 민꽃 식물 같은 은퇴한 부르주아의 인생을 살아야 한다.

여러분이 공복에 마신 커피 때문에 겪게 될 힘든 상황은, 격렬한 분노와 유사한 일종의 신경질적 격렬함을 유발한다. 언성이 높아지고 행동은 병적으로 성급해진다. 모든 것이 빨리 진행되고, 생각은 활발하게 움직이기를 원한다. 정신이 날뛰며 쓸데없이 화를 내고, 속물들에게 큰 비난을 받는 시인처럼 변덕스러운 성격이 된다. 자신이 누리는 명석함을 타인의 것으로 간주하기도 한다. 그래서 재치 있는 사람은 자신을 드러내거나 스스로 나서지 않도록 조심해야 한다. 나는 그러한 흥분 상태에서 스스로 쉽게 빠져나오게 한 어떤 우연한 사건을 통해 바로 이 같은 이상 상태를 발견했다. 내 친구들은 ─ 나는 그들의 시골집에 있었다. ─ 나를 심술궂고 논쟁을 좋아하고 악의적으로 말싸움을 하는 사람이라고 생각했다. 다음 날 나는 내 잘못을 인정했고, 우리는 그 이유를 찾았다. 내 친구들은 뛰어난 학자들이어서 곧장 원인을 알아냈다. 커피 때문에 피해가 생긴 것이다.

이 견해는 사실이고, 특이 체질에서 비롯된 변화 말고는 어떠한 예외도 받아들이지 않을 뿐만 아니라, 여러 전문가들의 경험과도 일치한다. 그중에는 브리야사바랭에 필적할 만한 영웅이자 미각 법칙을 깊이 연구했던 저명한 로시니가 있다.

견해: 커피는 몇몇 허약 체질에게서 치명적이지 않은 뇌충혈을 일으킨다. 그 사람들은 몸이 활성화됨을 느끼는 대신 무기력을 호소하고 커피 때문에 잠이 온다고 말한다. 그들은 사슴처럼 빠른 발과 타조처럼 튼튼한 위를 가졌을 수도 있지만 정신노동을 위한 준비는 잘 되어 있지 않다. 두 사람의 젊은 여행가 콩브[304] 씨와 타미지에[305] 씨는 대개 무기력한 아비시니아[306] 사람들을 발견했다.[307] 두 여행가는 주저 없이 커피의 남용에 주목했다. 아비시니아 사람들은 무기력, 즉 불행의 이유로서 커피를 지나칠 정도로 내세웠다. 만약 이 책이 영국에서 발간된다면 영국 정부는 이 위중한 문제, 즉 그나마 손쓸 수 있는 다급한 불치병을 바로 해결해 주기 바란다.

차에도 타닌이 포함되어 있지만 마취 성분 또한 들어 있다. 차는 뇌에 영향을 미치지 않는다. 차는 단지 신경총과, 마취성 물질을 더욱 특별하고 더 빠르게 흡수하는 장기에 작용한다. 차를 준비하는 방법은 완전무결하다. 나는 차를 마시는 사람이 효과를 보려면 얼마큼의 찻물을 섭취해야 하는지 모르겠다. 만약 영국이 경험한 바가 사실이라면, 차는 영국의 도덕, 창백한 안색의 영국 아가씨들, 영국의 위선과 중상모략 기질을 제공해 주었을 터다.

분명한 것은 차가 신체보다는 도덕적으로 여자를 더 망친

---

304 에드몽 콩브(Edmond Combes, 1812~1848)는 프랑스의 탐험가다.

305 모리스 타미지에(Maurice Tamisier, 1810~1875)는 프랑스의 탐험가다.

306 에티오피아의 옛 이름이다.

307 두 사람은 『에티오피아 여행』(1835~1838)을 출간했다.

다는 점이다. 여자들이 차를 마시는 경우, 사랑은 근본부터 타락한다. 여자들은 창백하고 병약하고 지루하며 말하기와 잔소리를 즐기게 된다.

일부 완고한 주장에 따르면, 진한 차를 다량으로 마시면 한없는 우울을 쏟아 내는 화를 불러일으킨다고 한다. 차는 몽환을 유발하지만 아편의 환각보다는 강력하지 않다. 왜냐하면 이 같은 몽환은 단조롭고 우울한 분위기 속에서 나타나기 때문이다. 상념은 금발의 여인들처럼 온화하다.

차를 마신 당신은, 상당히 허약한 체질에 따른 깊은 잠이 아니라, 백일몽을 떠오르게 하는 형언할 수 없는 반수면 상태에 빠지리라. 차의 남용과 마찬가지로 커피의 남용은 피부를 대단히 건조하고 뜨겁게 한다. 커피는 종종 땀을 흘리게 하고 극심한 갈증을 유발한다. 차와 커피를 남용하는 사람들의 타액은 진하고 거의 말라 있다.

IV 담배에 대하여

나는 담배를 이유 없이 마지막에 다루지 않았다. 우선 담배의 남용은 환영받지 못하고, 그다음으로 담배는 다른 모든 것들을 지배하기 때문이다.

자연은 인간의 쾌락을 제한한다. 신은 여기서 나에게 사랑의 과격한 미덕을 억지로 빼앗고, 존경할 만한 감수성을 외면하지 않도록 보호해 준다. 가령 헤라클레스의 명성이 오늘날 대개 신화적으로 간주되는 두 번째 노역[308] 덕분이라는 점과 여자들이 사랑의 불꽃보다 담배 연기에 훨씬 더 고통스러워 한다는 점은 아주 명백하다. 설탕의 맛은 모든 사람들에게, 아이들에게까지 빠르게 도달한다. 독주에 대해 말하자면 과음은 고작 2년 정도의 삶을 허락한다. 커피의 남용은 병을 유발해서 삶을 지속하지 못하게 한다.

반대로 사람들은 담배를 무한히 피울 수 있다고 생각한다. 잘못된 생각이다. 담배를 많이 피운 브루세[309] 씨는 헤라클레스처럼 건장했다. 그는 과로와 담배의 남용이 없었더라면 100살은 족히 살았을 것이다. 최근에 그는 그의 거대한 업적에 비하면 꽃다운 나이에 죽었다. 결국 골초인 댄디는 인후가 썩어 들어갔고, 절제가 불가능해 보였으므로 죽고 말았다.

브리야사바랭은 자신의 작품에 『미각의 생리학(미식 예찬)』이라는 제목을 붙이면서 비강과 구강이 쾌락에서 담당하는 역할을 너무도 훌륭히 증명한 다음, 담배에 관한 장을 쓰는 일을 잊었다.

담배는 오랫동안 코로 흡입되었으나 오늘날에는 입으로 소비된다. 담배는 브리야사바랭이 치밀하게 규명한 구강과, 그와 밀착된 비강이라는 이중 기관에 작용한다. 저 유명한 교

---

308 에우리스테우스 왕은 헤라클레스가 자신의 왕좌를 노린다고 생각하여 그에게 불가능에 가까운 열두 가지 노역을 시킨다. 두 번째 노역은 머리가 아홉 개 달린 물뱀, 히드라와 싸우는 일이었다.
309 프랑수아 브루세(François Broussais, 1772~1838)는 프랑스의 물리학자다.

수가 책을 쓰던 시절에는 사실 오늘날처럼 담배가 프랑스 사회의 모든 분야를 점령하지는 않았다. 100년 전에 담배는 연기보다 가루로 소비되었다.[310] 지금은 담배가 사회를 오염시킨다. 사람들은 굴뚝처럼 연소되는 담배가 불러오는 쾌락을 결코 의심하지 않는다.

입으로 흡입하는 담배는 먼저 민감한 어지럼증을 유발하며, 대부분의 초심자들에게 과다한 타액 분비와 구토로 인한 불쾌감을 유발한다. 목에 염증이 생긴 사람의 충고에도 불구하고 갓 담배 맛을 들인 사람은 고집을 피우고 담배에 길들여진다. 입문 기간은 때때로 몇 달간 지속된다. 흡연자는 마침내 미트리다테스 왕처럼 승리를 거두고 천국에 들어간다.[311] 끽연 담배의 효과를 다른 어떤 이름으로 불러야 할까? 가난한 사람은 빵과 끽연 담배 사이에서 전혀 망설이지 않는다. 자기 애인은 밤낮으로 일하는데도, 포장도로를 부츠가 닳도록 활보하는 무일푼의 젊은이조차 가난한 사람을 흉내 낸다. 접근이 쉽지 않은 바위나 해변에서 몸을 숨기고 감시하는 코르시카섬의 산적조차 자신에게 담배 1파운드를 주면 당신의 적을 죽여 주겠노라고 제안하리라. 대단한 능력자들은 시가 한 개비가 가장 큰 시련에서 자신들을 위로해 줬다고 고백한다. 사랑하는 여인과 시가 사이에서 댄디는, 담배

---

310 코로 흡입하는 코담배를 의미한다.

311 미트리다테스 6세(기원전 132년~기원전 63년)는 아나톨리아 북부의 폰토스 왕국의 왕으로, 독약을 먹고 자살하려다 실패하자 부하에게 자신을 죽이라고 명령했다. 그는 독살에 대비해서 평소 소량의 독을 섭취해 온 탓에 독에 내성이 생겨 쉽게 죽지 못했다는 이야기가 전해진다.

를 마음껏 피울 수 있게 해 주면 강제 노역자가 감옥에 남는 것과 마찬가지로, 망설이지 않고 연인과 헤어진다! 그렇다면 이 쾌락은 어떤 지배력을 지녔기에 왕으로 하여금 자기 왕국의 절반을 내주게 하고, 특히 가난한 사람들의 쾌락이 되었는가? 나는 이 즐거움을 부정하며 다음과 같은 격언을 제시하는 바이다.

격언 6 시가를 피우는 것은 불을 피우는 것이다.

나는 이 보물 금고의 열쇠를 조르주 상드에게 빚지고 있다. 하지만 나는 인도나 페르시아의 수연통만을 인정한다. 물질적인 즐거움에 관해서는 동양인들이 우리보다 확실히 우월하다.

페르시아나 인도의 수연통은 대단히 우아한 도구이다. 수연통은 위험하고 이상한 형태의 물건으로 보이지만, 생경해하는 부르주아 앞에서 그것을 사용하는 사람에게 일종의 귀족적인 우월감을 준다. 그것은 일본 항아리처럼 배가 나와 있고 물이 담긴 통인데, 다른 무엇보다도 기분 전환에 효과 있는 약초 따위를 피울 수 있도록, 담배와 파촐리[312] 같은 물질들을 태우는 일종의 도자기 종지를 받치고 있다. 연기는 비단으로 장식되고 은실로 만들어진 굉장히 긴 가죽 관을 통과한다. 또 관의 주둥이는 단지 안에 있는 향내 나는 물 위로 들어가고, 위쪽 배관에서 내려온 관은 물속에 잠겨 있다. 여러분이 흡입하면 물을 통과한 연기는 빈 공간을 통해 구강에 이른다. 연기

312 동인도산 꿀풀과의 식물이다.

는 물을 통과하면서 (유기 물질이 타면서 만들어 내는) 화독성 물질을 버리고 상쾌해진다. 그러면서도 식물성 탄화물의 본질적인 특성을 잃지 않은 채 향기를 뿜으며 소용돌이 모양의 가죽 관 속에서 세련되게 다듬어진다. 이제 연기는 맑은 향기를 품은 상태로 여러분의 구강에 도달한다. 연기는 여러분의 유두 돌기를 가득 채우고, 신성한 선율을 아름답고 향기가 나는 기도처럼 뇌로 올린다.

여러분은 긴 의자에 누워 아무것도 하지 않으면서도 쉼 없이 바쁘게 생각하고, 술을 마시지 않고도, 즉 샴페인의 달콤한 보상 없이도 무력감을 느끼지 않으며, 커피의 정신적 피로감 없이도 취한다. 여러분의 뇌는 새로운 능력을 얻고, 더 이상 정수리가 허하다거나 무겁다는 느낌 없이, 환상의 세계로 날개를 활짝 펴고 날아다니며, 잠자리를 쫓아 신의 초원을 달리는 투명한 베일을 쓴 아이처럼 눈부신 열광 상태에 이르고, 그 열광 상태를 이상적인 형태로 보며, 그것을 통해 성취를 이룬다. 가장 멋진 희망이 오가고 환각이 실현되고 탈리오니처럼 얼마나 우아하게 뛰어오르는지 모른다! 흡연자인 여러분은 그런 사실을 알고 있다! 이런 체험으로 자연은 아름다워지고 삶의 모든 어려움들이 사라지며 인생은 유쾌해지고 두뇌는 명석해지고 흐릿한 사고는 청명해진다. 하지만 이 기이한 효과의 오페라 장막은 수연통, 시가 혹은 파이프가 꺼질 때 함께 내려진다.

우리는 어떤 대가를 치르고 이처럼 쾌락을 얻는가? 이에 대해 알아보기로 하자. 이 같은 조사는 증류주나 커피가 만들어 내는 일시적 효과도 해명해 주리라.

흡연은 타액 분비를 감소시킨다. 만약 그렇지 않다면 흡연자는 그 분비 작용을 일종의 더 농후한 배설물로 바꾸어서 본래의 조건을 변화시킨 것이다. 결국 흡연자에게 어떤 종류의 침 분비 반응도 나타나지 않는다면, 그가 관을 막거나 긴요하게 쓰이는 정맥, 배출구, 유두 돌기를 없애 버린 까닭이다. 그런 기관의 놀라운 작용은 라스파이유[313]의 현미경으로 관찰할 수 있는데, 나는 그가 이에 대해 묘사해 주기를 기대하며 ― 그 일은 시급하고 유용해 보인다. ― 그 점에 관해서는 내버려 두기로 하겠다.

혈액과 신경 사이에 놓인 놀랍고도 상이한 점액의 움직임은, 가장 교묘하게 구성된 인간의 생체 순환 중 하나이다. 점액은 우리 기관의 내부 균형의 본질이다. 그것은 어떤 미지의 중심에서 격렬한 감정의 충격을 완충하기 위해 우리 내부에 자리한 강한 복원력을 유지해 준다. 결국 이러한 복원력은 생명체에게 대단히 중요하기에, 분노에 사로잡힌 모든 사람들은 목구멍이 급작스럽게 건조해지거나 타액이 짙어지는 것, 생명이 정상 상태로 돌아가는 데 있어서의 지체를 기억할 수 있다.

이 사실은 나에게 너무나 강렬한 충격을 주었으므로, 나는 더 끔찍한 감정의 차원에서 한번 검증해 보고자 했다. 나는 공적인 이유로 오랫동안 사회에서 격리된 사람들과 저녁 식사를 함께해 보려고 사전에 교섭했다. 그들은 파리의 안전을

---

313 프랑수아뱅상 라스파이유(François-Vincent Raspail, 1794~1878)는 프랑스의
    화학자이자 식물학자이다.

담당하는 유명한 경찰서장과 사형 집행인이었다. 그들 또한 다른 모든 프랑스인들처럼 민법상의 권리를 누릴 수 있으므로 두 사람 모두 시민이자 유권자이기도 했다. 경찰서장은 자신이 체포한 모든 범인들이 1주에서 4주 정도 지난 뒤에야 침 분비 능력을 회복했다는 사실을 나에게 낱낱이 알려 주었다. 살인자들은 마지막 순간까지 그 능력을 발휘하지 못했다. 사형 집행인은 몸단장을 하고 사형 집행대로 가면서 침을 뱉는 사형수를 결코 본 적이 없었다.

우리가 함선의 선장에게서도 알아낸 확증적인 논거가 될 만한 사실에 대해서도 이야기할 수 있으면 좋겠다.

프랑스 대혁명 전에 망망대해를 항해하던 왕의 범선에서 절도가 일어났다. 범인은 당연히 배 안에 있었다. 가장 준엄한 심문과 배에서 이루어지는 공동생활을 아주 사소한 부분까지 관찰하는 관례에도 불구하고, 사관들도 선원들도 절도범을 찾을 수 없었다. 모든 선원이 이 사건에 매달렸다. 선장과 참모들이 처벌을 단념했을 때, 부사관이 선장에게 말했다.

"내일 아침, 제가 도둑을 찾겠습니다."

모두 깜짝 놀랐다.

다음 날 부사관은 범인을 찾겠다고 공언하고 상갑판 끝에 선원들을 도열시켰다. 그는 모두에게 손을 내밀라고 지시하고 소량의 밀가루를 분배했다. 그 후 밀가루에 침을 섞어 작은 반죽을 만들라고 명령했다. 그런데 침이 말라서 반죽을 만들지 못하는 사람이 있었다.

"여기 범인이 있습니다." 그가 선장에게 말했다.

부사관은 틀리지 않았다.

이 같은 견해와 사실 들은 자연이 점액 전체에 부여한 가치를 나타낸다. 점액은 미각 기관을 통해 그것의 잉여분을 흘려보내고, 특히 위산과 능숙한 화학자들 그리고 실험실의 골칫거리를 만들어 낸다. 의사는 여러분에게 가장 심각하고 가장 지리멸렬하며 가장 갑작스럽게 발생하는 질병은 대개 점액을 분비하는 막의 염증에서 유발된다고 말할 것이다. 속칭 '코감기'라는 이름이 붙은 비염은 며칠 동안 미각이라는 가장 소중한 능력을 빼앗지만, 그럼에도 코와 뇌의 점막에 생기는 가벼운 염증일 뿐이다.

어쨌든 흡연은 체액의 배출구를 없애 버리고 유두 돌기의 작용을 약화시키거나 밀폐되어야 하는 체액을 흡수하게 함으로써 생체 순환을 방해한다. 따라서 흡연자는 담배를 피우는 내내 거의 얼이 빠진다. 네덜란드 사람들처럼 유럽에서 제일 담배를 많이 피우는 민족은 본질적으로 무기력하고 생기가 없다. 네덜란드에는 인구 과잉이 전혀 없다. 네덜란드인들이 먹을 수밖에 없는 해산물, 소금에 절인 식품, 도수가 높은 투렌 지방의 포도주, 부브레산 백포도주는 담배의 영향을 조금

억제한다. 하지만 네덜란드는 자신을 공격하는 나라한테 항상 지배받을 것이다. 네덜란드는 조국이 프랑스의 소유가 되도록 내버려 두지 않는 또 다른 정부들의 질투에 의해서만 살아남을 뿐이다. 결국 피우거나 씹는 담배는 주목할 만한 국부적 효과를 불러일으킨다. 치아의 법랑질을 부식시키고 잇몸을 부어오르게 해서 담배 성분과 섞인 고름을 분비하고 침을 변질시킨다.

담배를 무절제하게 피우는 터키인들은 구강을 씻어 내는 것으로 그 효과를 약화시키지만 일찍 쇠약해진다. 젊음을 탕진할 정도로 거창한 하렘을 소유할 만큼 부유한 터키인은 많지 않으므로 사람을 흥분시키는 세 가지 유사한 요인, 즉 담배, 아편, 커피가 이 나라에서 생식 능력을 마비시키는 주요 원인이라는 사실을 인정해야 한다. 30세 터키 남성의 성 기능은 50세 유럽인과 다를 바 없다. 기후의 문제는 대수롭지 않다. 위도를 비교해 보면 거의 차이가 없다.

V 결론

세무서는 틀림없이 자신들이 세금을 부과하는 이들 자극제에 대한 나의 견해를 반박할 것이다. 하지만 내 견해에는 근거가 있고, 나는 쿼런이 사람에게서 에너지의 상당량을 빼앗으므로 독일의 평안을 유지하는 데 매우 중요하다는 사실을 용감하게 주장하는 바이다. 세무서는 어리석고 반사회적인 성향을 지니고 있다. 또한 세무서는 인도의 광대들처럼 한 손의 돈을 다른 손으로 옮기는 즐거움을 맛보려고 한 국가를 백치 상태의 수령에 빠트린다.

오늘날에는 모럴리스트들과 정치인들이 맞서 싸워야 하는 중독적 취기가 모든 계층에게서 나타난다. 왜냐하면 취기야말로 사회 운동을 부정하기 때문이다. 증류주와 담배는 현대 사회를 위협한다. 런던의 호화 술집들을 보면 금주회(禁酒會)가 이해된다.

입으로 들어가는 것이 인간의 운명에 미치는 영향을 주목했던 대가 중 한 사람인 브리아사바랭은, 위대한 인물들의 행동에 기초하여 자신의 입장을 통계 분석했을 때의 이점을 강조했다. 통계는 연구의 예산이라 할 수 있다. 통계는 현대 자극제의 과용이 여러 나라의 미래에 불러일으킨 심각한 문제들을 명확히 밝혀 줄 터다.

하위 계층의 자극제인 포도주 속에도 알코올이라는 유해 성분이 있기는 하다. 하지만 적어도 그것은 인간에게 매우 드문 현상을 가능하게 하는, 이를테면 순간적 황홀을 야기하는 성분에서 비롯된 불가해한 시간을 만들어 낸다.

설탕에 대해 말하자면, 프랑스에는 오랫동안 설탕이 없었다.[314] 나는 1800년에서 1815년 무렵에 태어난 사람들 사이에서 빈번하게 발병하여 의료 통계학자들을 놀라게 했던 폐결

---

314 나폴레옹이 명령한 1806년의 대륙 봉쇄 정책 때문이었다.

핵이 설탕의 결핍 탓이라는 사실을 알고 있다. 설탕의 과용이 피부병을 일으켰다는 사실과 마찬가지로 말이다.

물론, 프랑스 사람들 대부분이 남용하는, 포도주와 리큐어의 기본 성분이자 빛을 발하고 연소시키는 물질이며 과음을 불러일으키는 알코올, 그리고 커피와 설탕은, 해산물의 섭취 여부가 성 기능에 영향을 미친다는 사실이 과학적으로 입증된 만큼, 앞으로 생식의 조건을 변화시킬 것이다.

세무서는 노름 중에서도 가장 부도덕한 룰렛보다 더욱 유해하고 반사회적이다. 증류주는 치명적인 물질이고 그 판매자는 감시받아 마땅하다. 민중은 키가 큰 아이이고, 정책은 그들의 어머니이다. 공공 식료품이야말로 국가 정책의 중대한 요소이자 가장 등한시되는 부분이다. 나는 공공 식료품 정책이 아직 걸음마 단계라고 선언한다.

이 다섯 가지 자극제의 남용의 본질은, 갈증, 땀과 점액의 감소, 생식 능력의 상실이라는 동일한 결과를 만들어 낸다. 그래서 다음의 격언은 생명 과학을 적극 뒷받침한다.

격언 7 점막에 손상을 주는 모든 남용은 생명을 단축시킨다.

인간은 일정한 양의 활력만을 가지고 있다. 활력은 혈액과 점액, 신경의 순환 사이에서 동일하게 분배된다. 어떤 요소들의 순환을 위해 다른 하나의 순환을 막아 버린다면 일정 부분 죽음을 초래하게 되리라. 결국 다음과 같은 자명한 비유로 요약된다.

격언 8 프랑스가 피레네산맥으로 50만 명의 군대를 파견했다면 라인강에는 아무도 남아 있지 않으리라. 사람의 육체도 마찬가지다.

옮긴이의 말
새로운 세계의 목격자, 발자크

발자크는 많은 글을 썼다. 아흔 편 넘는 소설과 수많은 산문을 남겼다. 많은 글을 쓰다 보면 문장의 힘이 떨어지고 문학성이 부족한 글들도 있기 마련이다. 그런데 발자크의 글은 예외적인 경우에 속한다. 인간 삶에 관한 대서사시「인간 희극」의 걸작 『샤베르 대령』(1832), 『외제니 그랑데』(1833), 『고리오 영감』(1835), 『골짜기의 백합』(1836), 『잃어버린 환상』(1837) 등이 출간되지 않았더라면 우리는 동시대 풍속은 물론, 역사를 이해하는 데에도 큰 어려움을 겪었을 터다.

1830년 발자크는 《라 모드》의 청탁을 받아 '정신의 귀족주의'를 모색한 「우아하게 사는 법(Traité de la vie élégante)」을 쓴다. 당시 프랑스 사회는 대혁명과 왕정복고 시대를 거치면서 부르주아지, 전문직 종사자들, 관료들과 부농들이 프랑스 사회의 중추를 이루었다. '새로운' 귀족 계급은 이전 상류 사회의 세련미를 복원하고 유행과 패션을 통해 자신들의 사회적, 정신적 세계의 차별성을 드러내고자 했다.

발자크가 글을 쓴 1830년을 전후해서 프랑스에는 '규범'

과 '매뉴얼', '기술', 특정 계급의 생태를 묘사하거나 분석한 '생리학' 등의 제목이 붙은 소책자들이 많이 출간되었다. 넥타이나 장갑, 몸치장 방법, 상류 사회의 유행 등을 주로 다루는 이 책들에는 '새로운' 세계의 출현 앞에서 나름대로 독자적인 삶의 방식을 만들고자 하는 부르주아들의 의식이 반영되어 있다.

우아한 삶에 대한 발자크의 '개론'은 아포리즘과 금언으로 이루어져 있다. 발자크는 '우아한 삶'이라는 주제를 19세기 정치, 경제, 사회사와 연결하여 다루며, 동물학자의 방법에서 영감받은 박물학적 도식에 따라 인간을 분류하기도 한다. 작가는 이 책에서 프랑스 사회를 세 계급, '일하는 인간', '생각하는 인간', '아무것도 하지 않는 인간'으로 나누고, 거기서 다시 '바쁜 삶', '예술가의 삶', '우아한 삶'이라는 세 개의 존재 방식을 끌어낸다.

발자크가 정의하는 우아함의 첫 번째 특성은 그것을 지닌 자들에게 특별한 존재라는 사실을 실감하게 한다는 점이다. "우아한 삶을 영위하는 사람들은 한 나라의 자연적 귀족 계급을 나타낸다. 그들은 가장 완벽한 평등에 대해 경의를 표할 의무가 있다." 그들은 그들만이 아는 신호를 통해 서로를 인식한다. 그때부터 "우월성이란 더 이상 존재하지 않는다. 여기서는 서로 대등하게 의논한다."

이런 조건 속에서, 의복과 옷차림은 상징적 권위를 가진 것으로 나타난다. "옷차림은 사회적 인간이 느끼는 가장 거대한 변화며, 모든 생활 방식에 강한 영향력을 미친다." 의복이 역사적 사건과 문명 들의 상징이듯 옷차림은 '사회의 표현'이다. 만약 우아한 삶이 모든 것 가운데 가장 설득력 있는 하나의 스타일이라면 옷차림은 획일적인 꾸밈을 넘어서 "자신의 정치적 견해를 지닌 인간, 자신의 실존에 대한 텍스트를 지닌 인간, 해독하기 어려운 상형 문자 같은 인간"의 필요조건이자 충분조건이 된다.

발자크의 「우아하게 사는 법」은 미래에 등장할 수많은 댄디들을 정당화해 줄 사전 설명이기도 하다. 그것은 1830년식 우아함에 대한 정당성의 부여이자 성찰이다. '우아함'에 관한 발자크의 통찰은 근대 세계를 가장 본질적인 측면에서 가장 넓게 이해할 수 있도록 해 준다. 또한 독자들은 이 글에서 단지 외관상의 스타일을 통해서만 자신들의 자유와 권력을 주장하는 새로운 엘리트 중심 사회에 대한 발자크의 비판을 행간에서 읽어 낼 수 있다.

다음으로 두 번째 에세이, 「발걸음의 이론(Théories de la démarche)」(1833)은 《유럽 문학(L'Europe littéraire)》을 통해 출간되었다. 1832년, 발자크는 소설 『루이 랑베르(Louis Lambert)』에 쓸 약력 작성을 마치고 또 다른 소설 『상어 가죽(Peau de chagrin)』의 수정 작업을 병행하면서 인력(人力)에 관한 에세이를 쓰고자 했다. 작가는 1830년부터 '걷기의 규칙'에 관심을 두고 이에 관련한 메모를 남겼는데, 사고와 의지에 대해 설명하면서 움직임을 지배하는 원리에 대해 말하고자 했다. 「발걸음의 이론」은 무엇보다도 발자크의 관찰력과 추론의 승리라고 말할 수 있다. 한평생 원고 마감 시간에 쫓기던 작가가 뛰어난 관찰력을 발휘하여 사람들의 미세한 움직임 하나하나를 분석하고 글로 옮겨 놓은 작업을 보면 놀랍기만 하다.

인간 관찰자로서의 발자크는 인류 역사가 시작된 이래 왜 사람들이 '걷기'에 관해 연구하지 않았는지 알고 싶다는 궁금증에서부터 운을 뗀다. 다리 아래로 흐르는 물의 양부터 천체의 운행 법칙까지 연구했건만 왜 유독 발걸음의 원리에 대해서는 묻지 않았는지 의문을 제기한다. 작가는 '모든 것의 존엄성은 늘 유용성에 반비례'하므로, 이 원리에 대한 관심이 하찮지 않음을 역설한다. 이 글의 출발점은 '사람마다 발걸음이 다르다.' 이를테면 '발걸음은 한 사람의 특성을 말해 준다.'라는 사실이다. 발걸음도 표현력을 지녔다는 점에서 일종의 관상인 셈이다. 작가는 인간 움직임에 나타난 의미를 찾아내기 위해 대상의 미세한 동작을 관찰함은 물론 '생각에 대한 사랑'을 통해 정신의 한순간을, 마치 포충망을 휘두르듯이 포착해 내려고 한다. 그는 이 이론을 연구하려면 '결코 만날 수 없는 두 개의 선 사이에 있을 때 필요한 집요함'이 요구된다고 여기며, 사람에 따라서는 무모하고 비이성적으로 보일 수 있는 이 작업을 계속해 나가겠다고 선언한다. 다만 그는 자신에게 '직관의 도움' 말고는 의지할 수 있는 수단이 없음을 선선히 고백한다.

그럼에도 불구하고 발자크가 관찰한 발걸음의 양태와 그 이면에 숨어 있는 원리들의 상관관계는 상당한 인과성을 지녔고 그 추론에도 설득력이 있다. 그는 인간의 움직임, 특히 발걸음을 분석한 뒤, '급격하고 불규칙한 모든 움직임은 악덕이나 나쁜 교육 수준을 드러낸다.'라든지 '모든 과도한 움직임은 감탄할 만한 낭비이다.'라는 식으로 결론을 도출해 낸다. 선원들은 파도에 익숙하기 때문에 항상 몸을 숙이고 움츠릴 태세가 되어 있고, 군인은 힘의 중심을 허리에 두고 몸을 지탱한다는 설명은 직업적 특성을 고려한 분석으로도 볼 수 있다.

반면에 알렉산더 대왕, 카이사르, 루이 14세, 볼테르 등 위대한 인물들은 모두 고개를 왼쪽으로 가볍게 숙이고 있었다는 관찰과 우아함은 직선적 태도(일직선)를 싫어한다는 지적은 역사를 통해 간접적으로 찾아낸 움직임의 특성이다. 「발걸음의 이론」에서 우리가 발자크의 재기(才器)에 놀라게 되는 까닭은, 인간의 모든 움직임을 관찰하고 그 대상의 특성을 추려 내는 뛰어난 분석력에도 있지만, 무엇보다도 찰나의 움직임에서 어떤 특별한 의미를 찾아내고야 마는 작가로서의 집요함과 경이로운 발견을 눈앞에 둔 관찰자로서의 설렘, '지적 욕망' 그 자체 때문이리라.

「현대의 자극제론(Traité des excitants modernes)」(1839)은 19세기 프랑스의 미식가로 알려진 브리야사바랭의 『미각의 생리학(미식 예찬)』새로운 판본의 부록으로 출간되었다. 발자크는 이 책에서 자신의 경험을 바탕으로 삼아, 동시대의 대표적 기호 식품 다섯 가지에 대한 생각을 흥미롭게 들려준다. 그는 술과 설탕, 차, 커피, 담배를 현대의 대표적 기호 식품이라 판단하고, 각각의 특성과 효능, 남용을 했을 때의 결과를 상세하게 전한다. 구십여 편의 작품으로 구성되어 있고, 총 이천여 명의 등장인물이 나오는 문학 총서 「인간 희극」도 커피의 힘이 없었더라면 완성이 불가능했으리라는 추측도 상당히 설득력 있어 보인다. 그는 커피가 만들어 낸 각성 효과를 '생각'은 군대, '비유'는 경기병, '논리'는 포병에 비유할 정도로 높이 평가했다. 말하자면 글쓰기란, 생각과 비유, 논리가 커피의 자극을 받아 마치 전쟁터의 군대처럼 일사불란하게 움직이며 원고지 위에서 전투를 치르는 일이라고 생각했다. 발자크는 정해진 일을 내일까지 꼭 끝내야 하는 사람에게 커피를 권하겠노라고 말한다.

발자크의 커피에 대한 생각을 정리하자면 "커피는 피를 돌게 하고 정신에 활력을 주며 소화를 촉진시키고 잠을 쫓으며 뇌의 능력을 활성화하도록 도와주는" 자극제다. 따라서 우리가 커피의 혜택을 보는 동안 작업 시간은 신장될 수밖에 없다. 커피가 발자크 시대는 물론 오늘날까지도 육체적, 지적 노동의 시간을 늘리는 데에 엄청난 기여를 해 왔음은 사실이다. 최근에는 닭의 산란을 촉진하기 위해 백열등 대신 LED 조명을 사용한다는데, 우리의 노동이 커피라는 음료에 착취당하고 있지는 않은지 씁쓸한 생각마저 든다. 다른 한편으로는 커피가 없었더라면 오늘날 독자들이 발자크의 방대한 작품들을 읽을 수 있었겠느냐 하는 생각도 든다. 어쨌든 발자크는 사람을 깊은 잠에 빠지지 못하게 하고 반수면 상태에 놓이게 하는 커피가 육체적으로는 피부를 건조하게 하고 타액을 말라붙게 해서 건강에 심대한 악영향을 준다고 보았다.

발자크는 기호 식품의 과용이 인체에 끊임없는 자극을 주고, 과도한 영양을 공급하여 각 기관들을 비대하게 하며 궤멸시키기 결국 때 이른 죽음을 유발한다고 보았다. 이런 사회적 해악에도 불구하고 기호 식품이 유통되고 권유되는 까닭은 세금을 걷는 세무서의 이익, 나아가 국가의 정책 때문이라는 점을 지적한다.

마지막으로 발자크가 이 책에서 아포리즘을 통해 말하는 우아한 삶의 조건을 정리해 보자면, 우선 일에 빠져 살면 안 되고 휴식을 즐길 줄 알아야 하며 돈을 소비할 수 있는 상당한 지위에 있어야 한다. 그렇다고 돈만 있어서는 안 되며 타고난 감각과 여유를 지니고 있어야 한다. 다음으로 돈을 지나치게 아끼면 안 되고 심지어 허리둘레가 일정 기준보다 작아야 하며 무례해서도 안 된다. 그 밖에 인위적이지 않은 자연스러움, 사치스럽지 않고 타인의 시선을 끌지 않으면서 감각적인 옷차림을 하는 태도 등이 우아한 삶의 조건으로 제시된다. 이쯤 되면 우아한 삶에 도전하려던 대부분의 사람들은 시도를 하기도 전에 좌절하고 말 터다.

「우아하게 사는 법」, 「발걸음의 이론」, 「현대의 자극제론」으로 구성된 『현대 생활의 발견(Pathologie de la vie sociale)』은 발자크 「인간 희극」의 한 축을 이해하는 데 중요한 역할을 할 것이다. 문학사적 가치 말고도 발자크 시대를 통해 현대인의 삶의 모습과 방식을 돌아보게 한다는 점에서도 의미가 있다.

2021년 1월
고봉만, 박아르마

옮긴이
고봉만

성균관대학교 불어불문학과를 졸업하고 프랑스 마르크 블로크 대학교(스트라스부르 2대학교)에서 박사 학위를 받았다. 현재 충북대학교 프랑스언어문화학과 교수로 재직하며 색채와 상징, 유행과 패션 등에 관한 최신 연구를 번역·소개하는 일에 몰두하고 있다. 저서 및 옮긴 책으로는 『문장과 함께하는 유럽사 산책』, 『파랑의 역사』, 『멋쟁이 남자들의 이야기, 댄디즘』, 『세 가지 이야기』, 『마르탱 게르의 귀향』 등이 있다.

옮긴이
박아르마

서울대학교 대학원 불문학과에서 미셸 투르니에 연구로 불문학 박사 학위를 받았다. 현재 건양대학교 휴머니티칼리지 교수로 재직 중이며 글쓰기와 문학을 강의하고 있다. 지은 책으로 『글쓰기란 무엇인가』, 『투르니에 소설의 사실과 신화』가 있고, 옮긴 책으로는 『로빈슨』, 『살로메』, 『에드몽 아부의 오리엔트 특급』, 장자크 루소의 『고백』, 『샤를리는 누구인가?』 등이 있다.

현대 생활의
발견

1판 1쇄 찍음 2021년 2월 5일
1판 1쇄 펴냄 2021년 2월 12일

지은이 오노레 드 발자크
옮긴이 고봉만·박아르마
발행인 박근섭, 박상준
펴낸곳 (주)민음사

출판등록 1966. 5. 19. 제16-490호
서울특별시 강남구 도산대로1길 62(신사동)
강남출판문화센터 5층 (우편번호 06027)
대표전화 02-515-2000 팩시밀리 02-515-2007
www.minumsa.com

© 고봉만·박아르마, 2021. Printed in Seoul, Korea

ISBN 978 89 374 2976 7 04800
ISBN 978 89 374 2900 2 (세트)